O jogo da sorte

Giulia Alberico

O jogo da sorte

Tradução de
LÉO SCHLAFMAN

EDITORA RECORD
RIO DE JANEIRO • SÃO PAULO
2005

CIP-Brasil. Catalogação-na-fonte
Sindicato Nacional dos Editores de Livros, RJ.

A289j
Alberico, Giulia, 1949-
O jogo da sorte / Giulia Alberico; tradução de Léo Schlafman. – Rio de Janeiro: Record, 2005.

Tradução de: Il gioco della sorte
ISBN 85-01-06944-2

1. Romance italiano. I. Schlafman, Léo. II. Título.

04-2093
CDD – 853
CDU – 821.131.1-3

Título original em italiano:
IL GIOCO DELLA SORTE

Copyright © 2002 by Sellerio editore via Siracusa 50 Palermo

Todos os direitos reservados. Proibida a reprodução, armazenamento ou transmissão de partes deste livro através de quaisquer meios, sem prévia autorização por escrito.
Proibida a venda desta edição em Portugal e resto da Europa.

Direitos exclusivos de publicação em língua portuguesa para o Brasil adquiridos pela
DISTRIBUIDORA RECORD DE SERVIÇOS DE IMPRENSA S.A.
Rua Argentina 171 – Rio de Janeiro, RJ – 20921-380 – Tel.: 2585-2000
que se reserva a propriedade literária desta tradução

Impresso no Brasil

ISBN 85-01-06944-2

PEDIDOS PELO REEMBOLSO POSTAL
Caixa Postal 23.052
Rio de Janeiro, RJ – 20922-970

EDITORA AFILIADA

Al ragazzo di Gebel Abiod

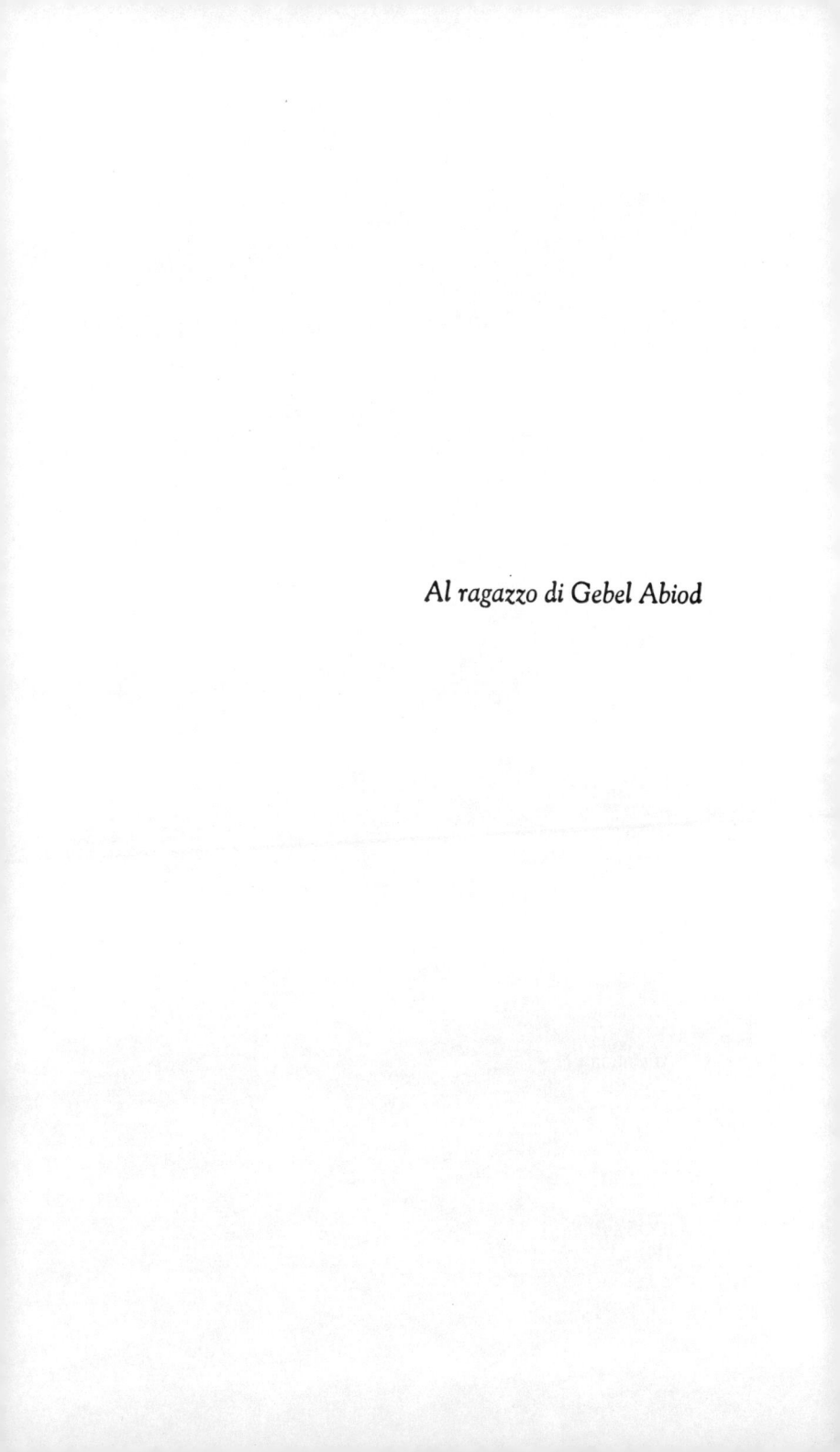

One should say before sleeping, I have lived many lives. I have been a slave and a prince. Many a beloved has sat upon my knees and I have sat upon the knees of many a beloved. Everything that has been shall be again.

W. B. Yeats

SUMÁRIO

O jogo da sorte

Clara / 15

Ignazio / 43

Agnese / 115

Delia / 157

Clara / 189

O jogo da sorte

Uso as palavras para negar o esquecimento.

As páginas que se seguem recolhem aquilo que me contaram Clara Jakowenko, Ignazio, Agnese e Delia Herrera.

Pus coisas de mim própria, um pouco aqui, um pouco ali, à medida que ocorriam. Separar as palavras deles das minhas não é fácil. Eu mesma não consigo, mas, no fim das contas, não é muito importante.

Da mesma forma, não creio que seja importante estabelecer se encontrei mesmo todas aquelas pessoas, juntas, numa noite de agosto de 1999. E nem se elas falaram diretamente a mim ou por intermédio da narrativa das outras.

O que importa é que quero dar-lhes a palavra porque, de outra maneira, a recordação deles se perderá.

Sou apenas um caminho. Por meu intermédio eles falam e dizem...

Clara

Esta é uma noite de recordações. Você me pede para contar e contarei.

Escute-me com atenção porque sei que divagarei.

Nunca fui capaz de narrar em ordem.

Faço digressões, retorno ao ponto abandonado, retomo para depois me perder de novo em veredas secundárias. Mas se tiver paciência conseguirá seguir meus passos.

Depois de mim, os Herrera também falarão e dirão coisas da vida deles e será a verdade deles. Escute-os, mas, antes de ir embora, volte para mim.

Tenho algo para dizer a você que, num certo sentido, diz respeito a todos, mas que nenhum deles sabe.

Acima de tudo, se eu não contar certas coisas ninguém mais poderá contá-las, porque o tempo apaga aquilo que uma voz não narra ou a mão não escreve.

Nos últimos meses tenho pensado que para mim está chegando o momento de ir embora, porque me acontece uma coisa estranha: nos meus sonhos falo em russo.

Não falo esta língua desde 1946. Passaram-se tantos anos desde então, e aquilo que ocorre comigo é tão extraordinário que acabei por pensar que se trata de uma advertência para que eu me prepare para sair.

Não faço parte da família, não me chamo Herrera, acabei entre eles por acaso. Certos destinos se constroem porque dispõem de percursos invisíveis que, como no meu caso, vêm de longe.

Nem mesmo a mais ousada das fantasias imagináveis quando eu era jovem me teria feito intuir um percurso tão longo. E no entanto foi assim que ocorreu. Venho de longe, de muito longe, de uma aldeia à margem do rio Don.

Falarei de mim e deles, desta família altiva e antiga no nome e nos ascendentes, uma família que conheci de repente, quando ainda minhas palavras atrapalhadas em italiano faziam todos sorrir, uma família para a qual acabei por ser útil, presença cotidiana, discreta, de confiança.

Nunca ultrapassei o limite invisível da relação que desde o início estabeleci com eles, feita de respeito e devoção, mas cada um no seu lugar. Eles eram eles, eu era Clara: Clara, a russa.

Sempre me chamaram assim: Clara, a russa. Nunca apenas Clara. Talvez para me distinguir de outras com o mesmo nome, ou talvez porque aquilo que impressionava a meu respeito era que eu vinha de tão longe.

Era de fato excepcional que naquela cidade provinciana, em 1946, existisse alguém como eu!

No começo eu falava pouco. Conhecia suficientemente o italiano mas não me servia muito porque naquele lugar se fala antes de mais nada em dialeto. Portanto não entendia ninguém e ninguém me entendia.

Os primeiros meses não foram fáceis, depois fiz progressos contínuos e, após um ano, estava em condição de entender e falar com todos.

Naturalmente conservei um estranho modo de pronunciar certos sons, certas consoantes, mas isto eu não podia corrigir porque uma certa música faz parte do idioma com que uma pessoa nasce, um movimento dos lábios e uma maneira de emitir o ar, de apertar ou afrouxar os dentes, que não pode, acredito, ser modificada pela vontade.

Tem a ver com o corpo e as cores dos olhos ou a linha do nariz.

E assim permaneci sempre Clara, a russa.

Cheguei a este lugar depois de uma viagem interminável por entre países e cidades, atravessando bosques, rios e montanhas — de trem, em viaturas militares, ônibus, tratores.

Sabia que não voltaria atrás e portanto queria carregar comigo tudo o que podia daquela viagem, e assim olhava ao redor sem parar, mesmo quando era noite e não se via mais a paisagem.

Olhava para o céu e as estrelas e pensava no céu da Rússia, porque sabia que o céu era idêntico mesmo visto de outro lugar.

Dormi pouquíssimo naquela longa travessia e me entorpecia em horas estranhas, mas depois voltava a olhar para fora e me deixava ir naquele embalo, naqueles pequenos sobressaltos, e não pensava em nada de preciso, como um enternecimento, um silêncio dos pensamentos.

Teria, depois, tempo para tudo: para os projetos e para a nostalgia, para recordar e reconstruir. Durante aquele percurso devia olhar e acumular nos olhos, como num celeiro, tudo quanto podia. Cheguei ao país do mar.

Nunca vira o mar.

Creio que decidi seguir Antonio quando ele me disse que a sua cidade, na Itália, localizava-se no litoral. Mostrou-me num mapa.

— E agora, onde estamos? — perguntei.

— Mais ou menos aqui.

Eu quis saber como seria a viagem e então ele, com o dedo, lentamente traçou um caminho sobre o mapa.

Eu mirava o procedimento da ponta do dedo e com os olhos seguia as curvas, os ângulos, a sinuosidade. E o dedo se afastou bem devagar das planícies e das montanhas e chegou até o mar.

— Aqui. É aqui — disse Antonio.

O dedo pousou sobre um trecho colorido de amarelo.

— Minha região é aqui. Você gostará.

Eu queria ir todos os dias ao mar, mesmo no inverno. Bastava não chover. Gostava do mar mesmo quando chovia, mas Antonio dizia que as pessoas me tomariam por louca e então, para não desagradá-lo, não ia nos dias de chuva.

Todas as coisas do mar me agradavam, mas, acima de tudo, o fato de que nunca fechava.

Certos dias, quando estava apenas um pouco encrespado e o vento parecia brincar com aquela superfície líquida de água verde, parecia-me rever o bosque de bétulas, a espessura das folhas agitadas pelo vento. Vinha-me então a nostalgia da Rússia.

Em meu novo país devia aprender a escrever de novo.

As letras do alfabeto eram diferentes e compreendi que se não aprendesse seria duas vezes estrangeira.

Freqüentei assim a escola noturna do professor Giovanni, que eu chamava de Ivan.

Era preciso levar, de casa, a cadeira. As bancadas eram tábuas sobre cavaletes. Éramos muitos, de todas as idades.

Concentrada e séria, sentava-me em meu lugar e enchia os cadernos com letras e palavras, soletrava sob ditado e entrava, cada dia mais, em minha nova vida.

Estudava com o dicionário e nunca mais o deixei. Leio-o como um romance. Decido: letra *ene*. Começo do princípio e depois, se me canso, abro ao acaso. É um jogo que não me entedia nunca. É uma espécie de caça ao tesouro, como revistar os baús do sótão.

Abrimos o bar em 1952. Eu ficava no balcão e não faltavam clientes. Era na parte velha da cidade — um local que pertencia aos Herrera.

Nossos clientes eram todos comunistas. Tovarich (camarada) era como me chamavam. Tovarich Clara.

Dom Cosimo mereceu também alguns comentários irônicos por tê-lo alugado a comunistas.

Eu ia ao bar somente pela manhã. À tarde era a vez de Antonio e eu então ia trabalhar na casa dos Herrera três vezes por semana.

Eram quatro no grande prédio da rua Orientale: dom Cosimo, dona Maria, as senhoritas Agnese e Delia.

Ignazio já andava em viagem pelo mundo. Em 1952 se casou e para ele e a senhora Dina foi preparada a vila que por alguns anos estivera fechada, abandonada.

Era um lugar muito bonito, talvez dom Cosimo pensasse que o filho finalmente se instalaria ali. Não aconteceu assim. O casal ficou na cidade um mês e pouco e depois partiu — para um dos tantos lugares onde o trabalho chamava Ignazio.

No inverno eu abria o bar, por volta das sete horas e, no verão, uma hora antes. Escancarava as janelas para permitir a entrada de ar, porque o cheiro acre dos charutos e dos cigarros baratos impregnava o ambiente.

Ao fundo, pairava uma impressão vaga de mosto e de anis.

Ainda que lavasse com energia todos os dias, o odor persistia e se tornara familiar para mim.

O perfume da Cerasella era a coisa que mais me transportava para o passado, à casa, às cerejeiras, ao destilado que fazíamos todos os verões.

Em casa, nunca deixei a cristaleira dos licores sem Cerasella, e no bar havia sempre uma garrafa, mesmo se ninguém pedia.

Eu era a única, de vez em quando, a beber um pouco, num calicezinho baixo e barrigudo, do tamanho de um ovo de pomba.

Saboreava-a lentamente e o odor penetrava em minha cabeça.

Era um odor de fruto, porém mais ainda do germe de amêndoa amarga, de casca lenhosa e doce, dos verões expostos ao sol dos meus vinte anos.

Eu era hábil no bordado e continuei a praticá-lo. Com as cunhadas e algumas vizinhas, cada uma com seu trabalho, em certas tardes de verão nos sentávamos à sombra do parreiral, na parte de trás da casa.

Bordávamos até a luz do dia desaparecer. Os últimos pontos eram dados com a claridade de um sol agora desaparecido por trás da colina.

Só então uma de nós dizia:

— Chega. Por hoje chega — e recolocávamos o trabalho num pano branco que o protegia até o dia seguinte.

No jardim havia uma fontezinha em que mergulhávamos as mãos para tê-las sempre limpas e, depois de enxugá-las, as salpicávamos de talco para absorver o suor.

Bordei para mim e sob encomenda, mas durante anos tive de me adaptar a diversos gostos.

Os bordados que fiz na Rússia eram de cores precisas: vermelho, verde, cor da terra, um pouco de branco. No novo país, ao contrário, usava-se pastel, cores tênues, muitas vezes o esfumado. Os temas também eram diferentes.

Compreendi que as minhas cores e meus desenhos não agradavam e, portanto, não os sugeria. Depois, nos anos 70, não sei por quê, entraram na moda.

Começou com alguma senhora em férias me pedindo para bordar a bainha de uma toalha, uma blusa de linho.

Voltei a usar os vermelhos, os verdes, os ocres e abandonei os pontos que a contragosto era obrigada a utilizar, mas que não eram os meus.

Profundas agulhadas rompiam com cores decididas os tecidos que agora eu preenchia.

As rosas estilizadas e a geometria que sempre compareciam nos enxovais da minha gente voltaram a viver. Inventei motivos novos, enganando a todos, ao dizer que eram desenhos antigos de meu país.

Na verdade, eu decidira preencher os tecidos da minha nostalgia, e então bordei minha terra assim como a recordava. Bordei os caules cinza-pérola das bétulas, o verde claro de suas folhas e o verde intenso dos abetos.

Bordei os torrões apenas revoltos pelo arado e o esfumado amarelo dos girassóis. Bordei o vermelho das papoulas e da bandeira.

Sempre houve alguém, em todos aqueles anos, que me pedia para contar do início a história do meu encontro com Antonio.

E eu, que conhecia de cor o papel, recitava-o do começo.

Acabei também por acreditar na história. Todos pensam que salvei a vida dele. Só nós dois sabemos que foi ele quem me salvou.

Portanto: o inverno russo, a retirada, os mortos, a planície branca semeada de cadáveres.

A cada vez acrescentava um detalhe. Por fim, tornou-se um filme, ao qual faltava apenas a trilha sonora.

Era, porque os outros queriam, uma história verdadeira que no entanto se assemelhava a um romance — com um pouco de bons sentimentos, um pouco de aventura, o amor triunfante, o final feliz.

Alguém, de vez em quando, dava-se conta de que minha cultura não era propriamente de escola primária, mas sempre desviei o assunto. Diante de perguntas específicas, dizia que sim, lera um pouco, estudei alguma coisa, mas nada de sério, tinha apenas os anos da escola primária.

Quem intuiu a verdade foi dom Cosimo.

Disse-me, uma vez:

— Você não me engana, Clara! Você estudou, e estudou bem...

Trata-se, portanto, da verdade sobre mim. Agora não vejo por que deveria escondê-la. Passou-se tanto tempo, sou velha agora.

Não me chamo Clara. Meu nome é Irina.

Vivia numa aldeia nas proximidades de Karkov, na margem do rio Don. E estudava — estudava para me tornar professora.

A guerra partiu em pedaços aquele tempo.

Se o odor da Cerasella me puxa para trás, a visão, ao contrário, reencontra o espaço aberto e imenso da estepe onde cresci. Desde então não pus mais os olhos sobre extensões tão enormes.

Matei um oficial alemão. Antonio me salvou. Em novembro de 1942, depois de meses de duríssimos combates, estrada a estrada, isbá a isbá, metro a metro, nosso exército cercou a linha inimiga num movimento de pinça.

As tropas inimigas estavam numa linha contínua que ia do mar Báltico ao mar Negro. Eram tropas alemãs, italianas, húngaras, romenas. Mas, a não ser em alguns pontos, era uma linha tênue, frágil. Nossos soldados, ao contrário, eram mais numerosos, bem armados, mais fortes.

Nós, russos, não odiávamos os italianos. Nosso ódio ia todo para os alemães.

Talianski karachió, dizia-se entre nós. Eram inimigos, distintos instintivamente dos aliados alemães, tanto que os nossos preferiam atacar os destacamentos alemães antes dos *talianski*, porque eles, quase sempre, quando faziam prisioneiros civis, deixavam-nos escapar para não entregá-los, segundo as ordens, ao comando alemão, que era conhecido pela brutalidade em relação aos civis.

Foram meses tremendos. A queda da Alemanha estava no ar, era a véspera do avanço dos aliados, uma confusão terrível de línguas, nacionalidades, divisões, dias de fome e medo. Entocados como ratos, sem luz elétrica, sem comida, com apenas uma fixidez de loucura no olhar, eu e minha irmã Nadia esperávamos que os últimos soldados inimigos se retirassem.

Tinha a intuição de que a sorte da guerra estava virando de cabeça para baixo.

O que mais recordo daqueles meses é o frio. Vivesse mil vidas não poderia esquecer o frio de então.

À noite, encolhida na cama, tentava em vão me esquentar com meu próprio corpo e com minha respiração. As cobertas, se podiam ser chamadas assim, eram pesadas mas não davam nenhum conforto, pareciam de papelão.

Caía no sono por exaustão, mas, enquanto isto não acontecia, era um novelo de braços e pernas, os músculos tensos, a mandíbula apertada, os nervos do pescoço entorpecidos pela rigidez com que involuntariamente o mantinha.

O campo ao redor estava coberto de neve e, se em algum lugar não havia neve, o terreno era duro, escuro, inóspito.

A inatividade forçada e o fato de não se acender fogo, a não ser em caso indispensável, e sempre com medo de que a fumaça nos entregasse ao inimigo, tornaram-nos debilitados.

Carregava comigo tudo o que possuía: meias de lã, malhas umas sobre as outras, o capote. Apesar disto estava sempre enrijecida e me parecia que o meu cérebro também estava gelado.

Todos os dias tentava ver na atmosfera alguma coisa que anunciasse o degelo.

Mas o céu se mantinha branco e a terra escura.

Todas as coisas, entre céu e terra, pareciam mortas. E cheguei a achar que eu também estava morta.

Naqueles dias pensava na vida passada, no creme quente de groselha derramado sobre a torta, no chá fervente nas xícaras. Fechava os olhos e me entregava àqueles perfumes e àquela tepidez, e media o abismo que os afastara de mim.

O oficial alemão não estava bêbado, talvez só excitado pela descoberta. Talvez febril por qualquer droga. Entrou dando um empurrão com o ombro na porta mal fechada e o encontramos diante de nós, com o fuzil estendido, berrando palavras incompreensíveis.

Segurou Nadia por um braço e a minha tentativa de arrebatá-la provocou uma reação de raiva violenta. Arremessou-me ao chão com brutalidade.

Nadia chorava e implorava, e ele bateu-lhe com a cabeça no chão. Nadia de súbito se calou. Compreendi, pela maneira com que o braço descaiu, que estava morta.

De hábito, em situações extremas, fico paralisada no corpo e nos pensamentos. Creio que é um modo de defesa. Algo dentro de mim se bloqueia, como se alguém desprendesse a corrente, abaixasse uma alavanca, apagasse a luz.

Também daquela vez aconteceu assim, mas não durante muito tempo.

O machado estava encostado num canto. Enfiei-o nas costas dele enquanto seu corpo obsceno oprimia ainda o corpo inerme de minha irmã.

Prenderam-me dois soldados que seguiam evidentemente o seu oficial em busca, eles também, de algum butim.

Levaram-me para o campo e compreendi que para mim era o fim. Os alemães não faziam prisioneiros. Havia-os às dezenas e o método alemão era o da eliminação. Mas o campo estava entregue aos italianos e aí aconteceu o milagre que me fez encontrar Antonio, um *talianski* que deixou escapar muitos dos nossos. Ele também escapava, pois decidira desertar. Conseguimos fugir juntos, sem no entanto saber para onde ir.

Quem fugia naqueles dias não sabia por onde andava, sabia apenas que queria se afastar, numa desordenada busca de refúgio, salvação.

Durante dias vagamos sem objetivo, adentrando-nos no campo, entre aldeias abandonadas.

Num entardecer nos abrigamos, extenuados, numa isbá. Creio que foi a primeira vez que olhei realmente Antonio. Murmurava algumas sílabas incompreensíveis na sua língua, desconhecida para mim, e os seus olhos, meu Deus, os seus olhos estavam vermelhos e arregalados sob o gelo que os supercílios e os cílios aprisionavam.

O resto era um sarcófago de farrapos que o envolviam junto com aquilo que se entrevia de um capote militar.

Eu o olhava sem saber o que fazer, fulminada. E dizer que o que eu mais vira naquelas semanas eram soldados.

Era um *talianski karachió*, não tive qualquer dúvida. Nós nos ajudaríamos, dele não podia advir nenhum mal. Permanecíamos juntos buscando apenas sobreviver.

Não foi difícil nos entendermos. Nossas comunicações, de resto, reduziam-se ao essencial. Comida, sono, medo, frio.

Na primavera, Antonio já conhecia dezenas de palavras russas e aprendi outro tanto em italiano.

Andei com ele em direção ao oeste e a 17 de julho de 1945 nos casamos numa aldeiazinha dos arredores de Hannover.

Tornei-me Clara Jakowenko. Um nome como qualquer outro.

Pensei, nos anos de paz, em desenterrar minha verdadeira identidade, mas que importância podia ter?

De resto, até o nome fingido se transformava. Nos papéis havia Iacovenco, Jachovenco, Jacowenco...

Muito complicado para um idioma que não conhece certos sinais. E assim fiquei sendo, apenas e sempre, Clara, a russa.

Penso com freqüência que vivi muitas vidas. E sinto uma vertigem, uma desorientação quando penso nisso. Porque todas aquelas vidas não cicatrizaram ao mesmo tempo. É como se eu fosse feita de pedaços separados e não comunicantes.

Quando os anos me presentearam com um relativo bem-estar, quando, em meu novo país, movimentava-me então com segurança, quando tímidas mas sólidas raízes pareciam ter se enraizado, quando a guerra, a neve, a Rússia, os penosos tempos do pós-guerra pareciam longínquos, começou para mim uma inquietação sem nome.

Acordava à noite, suada e com o coração na garganta, perdia com freqüência o fio da conversa ou cessava de escutar a pessoa que me falava.

Acabava por ter de pedir duas ou três vezes que me repetissem coisas que já estavam ditas.

Despertara em mim um pedaço de alma desconhecido, estranho, inalcançável como a fumaça.

Esta condição me confundia, desconcertava em primeiro lugar os que estavam ao meu redor. Os médicos me prescreveram alguns remédios, certo reconstituinte, mas a minha doença não era física.

Era lógico pensar que acordara em mim a necessidade de voltar ao país de onde viera. Mas não era tampouco isto, com certeza.

Minha vida, agora dois terços italiana, era sólida e certa como é certo o despontar do sol ou a mudança das estações.

Portanto, o que era? Antonio me perguntava:

— Você quer voltar a Karkov?

— Para fazer o quê? — eu retrucava.

— Não sei, para rever os lugares, alguém.

— Mas não. Não é isto.

— Então o que é?

— Não sei — e o fitava perturbada nos olhos, um pouco para pedir ajuda, um pouco para me desculpar pela inquietação que lhe transmitia.

Foram anos inutilmente melancólicos. Eu pagava tributo de melancolia e tristeza não sei a quem, nem de que tipo e nem por quê. Mas pagava.

Eram raros os momentos de paz.

A paz podia ser a minha grande cozinha localizada entre um jardim e o terraço. E o gato que se movimentava, felpudo, e depois se espichava sob o calor embriagante do sol. E a nogueira de juba jovem e soberba que deixava entrever além das folhas uma persiana verde com batentes encostados. E um balcão com um varal de roupas e as próprias roupas. E um odor de erva úmida.

Podia ser a grinalda de pimentões vermelhos posta a secar, uma cortina branca que uma leve brisa apenas levantava, embaixo, onde uma bainha bordada a tornava graciosa como uma jovenzinha.

E as vozes vindo de um lugar vizinho mas impreciso que rompiam o silêncio por alguns minutos, uma bola que batia num muro porque alguém estava jogando.

Sei por que me casei com Antonio. Por gratidão.

Pode-se unir a própria vida a alguém apenas porque se está agradecido? Pareceria que sim, caso se olhe para as minhas escolhas.

Renúncias, certamente, existem. Mas quem pode dizer quais as que custam mais?

Antonio tomou-me aos seus cuidados e nunca deixou de me proteger. Tudo começou numa tarde de 1943 e desde então nada abalou nele a certeza de que se ocupar de mim era seu destino.

Não lhe menti naquela ocasião, nem depois. Ele sabe que o meu amor possui uma consistência diversa do seu. Nenhum seqüestro, nenhuma cegueira, nem tampouco cálculo ou egoísmo.

A generosidade deste homem me subjugou como uma paixão. Nem mais, nem menos. Quando chegaram os anos daquela estranha impaciência, daquela inquietação de que falei, eu despertava à noite e tinha medo, um medo louco e sem razão. Ele sabia o que fazer. Vestia-se completamente, imitando a mim que fazia a mesma coisa, e saíamos pela estrada. A qualquer hora da noite e com qualquer tempo.

Caminhávamos em silêncio e ele me dizia de vez em quando:

— Agora vai passar, você verá como passa.

Então, quando se aplacava em mim aquele terror sem nome, voltávamos para casa e nos deitávamos na cama. Ele continuava vestido, ao meu lado, e me segurava a mão até que o sono nos indultava a ambos.

Antonio foi um bom companheiro. Nascido numa localidade marítima, só sabia ser marinheiro.

Era dono do barco, em sociedade com o irmão, mas a pesca não rendia suficientemente. A região fora bombardeada, o porto destruído, ruínas e entulhos permaneceram por anos. Muitos marinheiros foram embora para outras costas. Criaram, na Ligúria, verdadeiras colônias: em Camogli, Santa Margherita, Imperia, Gênova.

Antonio talvez tenha pensado também numa transferência, mas creio que não queria que eu sofresse outra ruptura e assim permanecemos naquele lugar e abrimos o bar.

Para ganhar mais ele se alistou como despenseiro de uma companhia de navios de passageiros que faziam a ligação entre Nápoles e as Américas.

Sua primeira viagem se realizou em 1957. Voltava para casa cheio de relatos e de promessas de não mais partir. Ao contrário, tornava a partir e eu ficava sozinha durante meses, esperando-o. Expedia algum telegrama de um dos tantos portos onde o navio atracava e algum vale postal com os dólares que poupava.

Escrever, não escrevia, porque não sabia escrever.

Quando descia em terra e tinha um dia ou dois de liberdade, saía à descoberta das cidades desconhecidas. E conheceu Buenos Aires e Nova York.

Por medo de se perder, punha no bolso um cartão com o nome e as indicações para voltar ao navio. Um outro cartão, igual, colocava num dos sapatos, debaixo da palmilha, porque uma vez foi agredido e derrubado, e rasgaram o cartão que tinha no bolso do casaco.

Sem conhecer palavra de língua que não fosse a sua, apenas aquele pouco de russo que falava comigo, mas que certamente não o ajudaria num porto da Ásia ou da América, sentia-se perdido.

Contava que para encontrar o porto seguia sempre os odores.

Antonio tem o olfato fino e sabe reconhecer o mar de muito longe. É guiado por uma impressão vaga e indistinta da água e do sal, de cordas e peixes. Daquela vez, disse, havia ainda o odor da estiva para guiá-lo.

Desde então, quando desembarcava, punha sempre o cartão dentro do sapato: Antonio Golino, italiano, despenseiro, *Flotta Lauro*, transatlântico... O nome variava segundo os alistamentos: *Andrea Doria, Victoria, Nassau...*

Nossa casa foi construída com os ganhos de Antonio nos anos em que fazia o trajeto Nápoles-Américas.

A cada desembarque contávamos as economias, até que um dia nos demos conta que eram suficientes para construir uma casa para nós.

Sem filhos, acabamos por nos ajudar um ao outro.

Não desenvolvi nenhuma amizade verdadeiramente profunda.

Além dos parentes de Antonio e os Herrera, pode-se dizer que não tive outras presenças fixas e importantes na minha vida.

Antonio passa as manhãs sentado na mureta a fitar o mar. Ele, Battista, Luigi e Rocco falam de coisas que sempre têm a ver com mar, sondam o tempo anunciado pelos ventos e nunca se enganam. Desde a primeira aragem sabem se é gregal, setentrional, sudoeste, siroco ou mistral.

E contam sempre velhas histórias de quando embarcavam, falam da América, da vida a bordo, e as lembranças mais cinematográficas são as de Antonio porque, dado que era despenseiro, vira de perto a bela vida dos ricos, as suas refeições e os bailes. Fala dos rios de champanha e das estranhas prelibações preparadas pelo cozinheiro.

As viagens de que mais fala são as de Veneza a Beirute, o cruzeiro em que estava a princesa Bint Saud Al Ahdahah, e aquela de Nápoles a Nova York que hospedava o ex-rei do Egito. De tanto lembrar aqueles dias com a princesa árabe e das semanas com Faruk, acabou por inventar um filme, quase como minha narrativa da Rússia.

Ocupo-me da casa de Ignazio há muitos anos, desde que cedemos a licença do bar e Antonio se aposentou.

Depois que a senhora Dina morreu, dom Ignazio se tornou um saco vazio. Caminhava entontecido e passava as noites acordado. Eu via a luz acesa até a madrugada em seu quarto. Para mim era também um tempo de desassossego e insônia.

Pediu-me, um dia, para ajudá-lo a cuidar do jardim e depois foi a vez dos armários da casa. Em suma, um pouquinho de cada vez, acabou por me tornar uma espécie de camareira-governanta, aquilo que fora na casa de seus pais muitos anos antes, e assim, desde então vou à vila todas as manhãs, mesmo quando ele viaja. Tenho as chaves e sei o que devo fazer.

Encontro a senhorita Agnese algumas vezes: bom-dia e boa-tarde, não mais que isto. Sei que ela gostaria de ter se ocupado da vida do irmão e tentou me usar como fonte de informações no tempo em que dom Ignazio recebia a senhora Lia.

Penso muitas vezes naqueles Herrera. A vida parecia ter-lhes dado tudo: dinheiro, beleza, porque são todos belos, um papel de prestígio na cidade, e no entanto parecem tão infelizes.

Se eles têm uma espécie de angústia como a minha? De fato, não gozam nada daquilo que têm e daquilo que são.

Os ausentes continuam a assinalar sua vida: a senhora Dina e Lia a de Ignazio, Emile a de Agnese e talvez a de Delia.

Usados como consolação, confronto, remorso, saudade. Gazuas para os seus sentimentos de culpa, álibi para sua incapacidade de viver o presente, desculpa pelos malogros e a solidão, inútil pedra de comparação, memória petrificada e vazia.

Quando dom Ignazio esteve mal, ninguém superou a senhorita Agnese em abnegação. Era sempre diligente, disposta. Entre médicos, farmácia, exames, verificações, parecia o capitão de um navio.

A energia lhe vinha do fato de se sentir necessária, indispensável. E era de fato. Eu me perguntava que preço o irmão deveria pagar. Nada se pode subtrair de um débito de gratidão, eu sei.

O nome de Delia não era pronunciado em minha presença. Algumas vezes, Agnese, falando com o irmão, referia-se a "aquela lá".

Dom Ignazio nem ao menos lhe respondia. Finjo saber aquilo que todos sabem: que elas disputam a divisão do jardim.

Mas na realidade sei que é alguma coisa subterrânea, mais antiga. Alguma coisa a ver com o velho escândalo que estalou, há mais de quarenta anos, quando chegou o francês de férias.

Na época, eu estava há pouco na Itália e era jovem, às voltas com uma vida nova e diferente. Não prestava muita atenção aos falatórios. E depois aquele tipo de falatório era mais característico do Bar Moderno do que da minha cantina.

O Bar Moderno exala um perfume de baunilha e chocolate, tem clientes escolhidos, o melhor da burguesia citadina. E a burguesia, sem dúvida, fala apenas de si e das intrigas que lhe dizem respeito. Na minha cantina os discursos eram outros, e tocavam nos Herrera apenas de passagem.

Na cantina se praguejava e se gritava, sentia-se o bater seco das cartas sobre as mesas, o pesado arrastar das cadeiras de madeira no piso. Ali não havia poltroninhas e mesinhas de madeira com tampos de mármore caro.

Agrada-me trabalhar para dom Ignazio. A vila é muito bela, grande, talvez grande demais para ele agora que ficou sozinho. Ele próprio reconhece. Para onde poderia transportar a quantidade enorme de coisas, móveis, objetos, que colecionou e recolheu em viagem pelo mundo? Deveria se desfazer deles? O filho não tem qualquer interesse por aquelas coleções, não leva o pai a sério e de vez em quando lhe diz que se fosse ele jogaria tudo fora.

A vila dos Herrera foi uma das primeiras coisas que conheci, logo que cheguei à cidade.

Vista de fora, chamava a atenção pelo aspecto elegante, pelo parque de tílias que a circundava e se podia imaginar que era habitada por uma tranqüila família burguesa. Mas 1946 era outra coisa. Ia com Antonio, por vários dias, para trabalhos de limpeza. As tropas que ali se alojaram tinham acabado de se retirar.

A elegância externa, uma vez entrado nela, dava lugar a um espaço frio e inquietador. O átrio era vasto e mal iluminado e os quartos se achavam em abandono desolador. Em tudo se sentia um ar de caserna, de colégio, de dormitório, de colônia de verão.

Perguntei a Antonio o que acontecera com aquela casa, mas ele não sabia muito. Ninguém parecia ter vontade de falar sobre o assunto. A guerra acabara há pouco. Fechado, fora, chega, esqueçamos!

Agora a vila retornou ao esplendor dos bons tempos.

Embora eu a freqüente há muitos anos, aquela casa ainda me surpreende. Dias atrás eu espanava a vitrine onde estão as cruzes coptas. Esplêndidas cruzes de prata, são mais de cinqüenta. Sempre as vislumbrei juntas, como um único bloco. Pus-me a observá-las uma a uma e é incrível como não existem duas — mesmo apenas duas — iguais.

E também as prateleiras com os ícones, as pequenas estátuas dos presépios napolitanos do século XVIII, as vitrines dos objetos de coral e âmbar.

Dom Ignazio é um homem irônico, concreto, alguém que gozou a vida. Depois da morte da mulher, apagou-se, entristecido.

Nunca tive intimidade com ele, mas algumas vezes, enquanto punha os pratos na mesa, convidava-o a reagir. Ele nem respondia.

Compreendi que havia novidade quando, um dia, encontrei o guarda-roupa revirado, como se ele estivesse escolhendo uma roupa, uma gravata.

Tratava-se de uma busca de elegância, uma vaidade que parecia tê-lo abandonado.

Subia as escadas com mais rapidez, com o passo ágil de outrora, e retomara o hábito de desenhar, de escrever.

Conheci aquela senhora um pouco depois. Ele a convidou para cear, juntamente com outras pessoas, e se preocupou com bastante cuidado dos detalhes. Escolheu a toalha comigo, os vasos estavam floridos, o piano fora afinado, porque talvez alguém quisesse tocar e cantar.

A casa retornara aos tempos bonitos, luminosa e festiva, e eu estava surpresa e feliz por ele. Em verdade não pensava em amor, isto não, mas bastou-me servir durante a ceia para compreender que havia no ar uma corrente, uma vibração.

"É ela", pensei, olhando para Lia. Era graciosa, com os traços bastante delicados, nunca vista antes.

Mas havia naquele rosto algo de conhecido, como se já a tivesse encontrado em alguma parte, conhecido o brilho dos olhos, a linha do queixo...

Por quase um ano ia e voltava à cidade.

Não permanecia mais de três semanas ou quatro, de cada vez. Hospedava-se no Hotel Posta, mas de fato estava sempre aqui, na vila de dom Ignazio.

Era sempre gentil comigo, trocávamos algumas palavras quando eu chegava à casa, nada além disto.

Passava horas no estúdio, aplicada em escrever ou ao telefone. Falava-me às vezes de seu trabalho e dizia que lhe agradava muito, ainda que não lhe permitisse fincar raízes verdadeiras em nenhum lugar.

Ela se ocupava de concertos, de espetáculos. Creio que sua tarefa era cuidar deles até sua realização. E nossa cidade se tornara sede, até os anos 70, de festivais internacionais de música que duravam todo o verão, de junho ao fim de agosto.

Com o passar do tempo, os festivais se tornaram cada vez mais conhecidos e, durante três meses do ano, a cidade se enchia de música, de musicistas, de vozes e de cantos.

Creio que Lia tinha um casamento falido nas costas, mas não juraria.

Fitava-a às vezes tentando compreender que coisa nela me parecia conhecida, já vista, mas restava uma pergunta no ar, sem resposta.

Este é um verão estranho, um verão de fim de século, de fim de milênio.

A luz se enfraquece a cada dia e no fim de agosto, sem que nada de especial tenha acontecido, pelo menos que eu saiba, Delia e Agnese voltaram a se falar.

Dias atrás dom Ignazio me disse que ceou com as irmãs, na casa da rua Adriatica.

Enquanto contava isso, sorria dissimuladamente e me olhava com curiosidade, certo de colher qualquer reação minha.

Fiquei impassível e só respondi:

— Agrada-me.

E ele:

— Como você vê, Clara, *tout passe, tout casse, tout lasse...*

— É verdade, é verdade — murmurei e pensei comigo que já era hora de acabar aquela guerra, aquele gelo.

Conheci os três irmãos ainda jovens, e pensei nos anos que os separaram e depois os reuniram. São como as três pontas de um triângulo, um triângulo que mudou muitas vezes de forma mas que agora parece eqüilátero. Com eles se encerrará a história dos Herrera.

Giovanni levará adiante apenas o nome, porque não lhe pertence nada da grandeza dos velhos de quem descende, porque o seu é um tempo que pede para ser atravessado e consumido com pressa. É um tempo descaradamente exterior, sem nada a ver com o outro, que é tempo denso, fechado e secreto.

Ignazio

Talvez porque estivesse afastado por muitos anos, talvez porque não voltei com a idéia de que me pertencesse, o fato é que deixei de olhar para esse lugar a sério.

Agora que tenho tempo de sobra, decidi deixar-me levar pela vida, escutar-lhe a respiração e as vozes.

Estou sozinho e vivo muito bem. Meus dias, desde que melhorei de saúde, são iguais. De manhã cedo chega Clara, que traz os mantimentos e se põe logo a organizar a casa. Na metade da manhã, saio, compro o jornal, passeio ao longo da avenida e chego ao Bar Moderno.

No café, leio o jornal, troco algumas palavras com os mesmos conhecidos. Até há pouco passava algum tempo na loja de Alvaro.

Mas Alvaro morreu e, assim, também o hábito desapareceu e me faz um pouco de falta.

A loja me acolhia com um morno odor de lãs e algodões, uma áspera impressão de engomadura e de tecido grosseiro. No escritório, nos fundos, havia duas poltronas estilo Frau, a mesinha cheia de revistas, pilhas de amostras e, nas paredes, sempre alguns calendários do ano anterior. Nunca havia um calendário do ano atual. Depois volto para casa. Clara providencia para que eu encontre a mesa posta e a refeição pronta.

Depois da refeição tiro uma soneca na poltrona.

A tarde passa, entre alguns telefonemas e uma ida ao clube. Um pouco de televisão, se o tempo estiver ruim, um pouco de música, e o dia se conclui.

Alterno as noites em casa de Agnese ou então com Delia, minhas irmãs. Ao escritório vou duas ou três vezes por semana.

Agora é Giovanni, meu filho, quem controla as rédeas de tudo, especialmente depois que estive doente. Fizemos também uma mudança interna e reservei para mim o quarto pequeno, do canto. Há continuamente algo para fazer: rever cálculos, discutir algum projeto.

Sempre há trabalho, e muito, mas não acompanho mais as coisas, que Giovanni dirige diretamente. Alguns clientes nem sequer conheço.

Meu filho é hábil, muito hábil, de maneira que fiquei satisfeito com a maneira como me substituiu, mesmo que nossas escolhas profissionais sejam diferentes. Ele, em vez de procurar água nos desertos, preferiu construir prédios.

A existência nesta cidade escorre repetitiva e sonolenta. É uma cidade devorada por tédio e hábitos. Tudo é previsível, como a festa do padroeiro e a procissão da sexta-feira santa, o mercado na praça aos sábados e a corrida de cavalos em setembro.

Os anos passam indolentes, como as estações e os turistas de domingo. As pessoas nascem e morrem, partem e voltam, casam-se e se separam, mas tudo continua igual a si próprio. Uma regra tática, uma prontidão subterrânea, fazem com que, vista de fora, a vida pareça correr sempre da mesma maneira.

Alguma maledicência eclode vez por outra nos salões ou nas mesas do Bar Moderno, mas depois de uma semana, no máximo, como não surge uma novidade, entra no repertório das coisas habituais.

Todos se conhecem e acreditam conhecer vida, morte e milagres dos outros e, em parte, é verdade. Lembram-se com precisão de datas, litígios, traições.

Mas às vezes penso que ninguém conhece o coração dos outros, as palavras definitivas e secretas, a motivação profunda das coisas evidentes.

Este é um ano como os outros, iniciado com bailes de *réveillon* e o baile no clube, com as escolas fechadas até o dia de Reis, e por isso há tanta gente passeando pela avenida durante a manhã, as lojas oferecendo saldos, a primeira neve de carnaval, o silêncio da quaresma, os dias imperceptivelmente mais compridos, até a páscoa, quando rebenta a primavera que é sempre igual e imprevista.

Nas mesinhas do Bar Moderno o tantã atualiza suas imperceptíveis novidades: o advogado Martinelli, ao que tudo indica, tem uma amante jovem, a professora Lama deve estar deprimida porque caminha com o olhar vazio e também na escola se mostra distraída e ausente, uma jornalista estrangeira desembarcou no Colomba d'Oro, o hotel mais bonito da cidade.

Talvez esteja aqui para os concertos de verão que se tornaram evento internacional e atraem artistas até do exterior.

Fala-se também da tentativa de assalto na casa do tabelião Masciangelo, que por pouco não acabou em tragédia, já que custou o internamento dele com traumatismo craniano.

De resto, as coisas de sempre.

Também daquelas coisas se torna a falar, entre um aperitivo e um amargo, nas mesinhas do Bar Moderno. Mas fazem parte do panorama habitual: a eterna briga das irmãs Sastri, sempre em litígio com os primos Mayer, com quem não falam mais, pela herança do falecido tio Eliseo. Dilapidaram uma fortuna enriquecendo os advogados.

O filho dos Esposito, apesar de muito dinheiro acumulado com sua cadeia de lojas, vive como um vagabundo e não confessa nem nega aquilo que dele se sabe há anos, ou seja, que é homossexual, e por isso o pai o expulsou de casa sem um tostão.

A cidade cresceu muito nos últimos trinta anos, mas o coração continua igual: a avenida Vittorio Emanuele, que vai da praça da catedral à estação.

O JOGO DA SORTE

A rua Garibaldi e o beco Mazzini, paralelos e ornados com tílias, são menos usados para passeios.

No final da tarde, os passeantes não deixam de se expor sob os pórticos que se estendem por quase todo um lado da avenida Vittorio Emanuele.

Há muitos bares, mas o bar dos bares, e por isto é chamado de "o café", é o Moderno.

Há duas salas internas usadas sobretudo no inverno, uma reservada aos jogadores de xadrez e pôquer, e a outra pelas senhoras, como sala de chá e de jogos.

Com a chegada do verão a rua defronte ao Moderno floresce com as toalhas azuis, cada uma tendo ao centro um pequeno vaso próprio para conter apenas uma flor, em geral uma cravina japonesa, às vezes um junco ou uma flor-de-lis.

Ao longo da avenida se mostram os palácios estilo Liberty. Toda a novidade do novo século parece ter se apresentado ali.

A cidade, quanto ao resto, é antiga, a parte velha um labirinto de becos, escadarias estreitas, varandinhas, austeras igrejas de pedra, portais e florões, fontes públicas, restos de uma idade camponesa e mercantil, quando a cidade era um porto aberto e as feiras atraíam do sul mercadores de animais e de cereais, cambistas e operários dos lanifícios.

Depois a cidade se acomodou numa tranqüila rotina burguesa. Há um século se repete a si mesma.

Ontem de tarde passeei um pouco sob os pórticos. Tudo parecia igual a um tempo longínquo, quando eu era jovem e não pensava que um dia me afastaria daquele lugar.

Apenas os rostos e alguns letreiros das lojas eram diferentes. Mas as senhoras elegantes se sentavam nas mesinhas do Bar Moderno, sempre em grupos de duas ou três, com o aperitivo e as azeitonas. Os adolescentes barulhentos iam e vinham nos pórticos. Proprietários se postavam na frente de suas lojas, com os cigarros acesos, enquanto as balconistas se atarefavam no interior.

De súbito, como acontece sempre, a avenida se esvazia, como se passasse uma palavra de ordem. Todos se dirigem para outro lugar e o pórtico vazio respira, entre as cortinas de ferro que se abaixam como olhos pesados de sono e um eventual último pedestre que passa pela esquina e também desaparece.

Estive afastado tanto tempo que perdi a recordação de certas coisas. Afinal, o que sei? — da luminosidade do entardecer de junho, do reverberar do sol sobre as torres na parte alta da cidade, das cores ferruginosas das escadas de pedra, dos odores do campo e do mar...

Tudo me era familiar e querido, mas minha vida estava em outro lugar, era uma viagem constante.

E de tantos lugares era a África que eu continuava a amar mais.

Eu passava também longos períodos aqui, na nossa província, mas o tempo de retornar definitivamente me parecia sempre longínquo.

E, quando aconteceu, eu estava despreparado, e mais despreparado ainda para um amor fora de época.

Acreditava já ter vivido toda minha vida, os anos que me restavam eram certamente anos ainda plenos, mas não para amar de novo.

Talvez porque se pensa que há um tempo para cada coisa, como diz o Eclesiastes... e, para mim, que me aproximava dos setenta anos, era chegado o tempo de parar e saborear sentimentos pacatos e horas quietas.

Minha mulher morreu há muitos anos, mas sinto que continua a se ocupar de mim, segue-me de um lugar onde o tempo é um único tempo e o seu olhar pode abarcar tantos lugares simultaneamente. É a nossa casa, no entanto, que ela mais freqüenta.

Sinto que continua a pousar seu olhar sobre mim.

Ocorre com freqüência, quando acaricio com as mãos um objeto que pertenceu a ela, ou que escolhemos juntos em nossas viagens pelo mundo, e então me viro num salto e a procuro.

Sua lembrança agora tornou-se leve, deixou de ser o tormento que eu não podia pacificar nem apaziguar nos primeiros anos, mas que desejei tanto que acabasse.

Amei-a muito.

Todos sabiam da debilidade de seu coração. Era uma inconsciência, segundo os médicos, ter vivido como viveu.

Filho, viagens nos desertos, uma vida medida por mim, certamente não adaptada a ela. Muitos pensavam assim. Mas ninguém sabe que era feliz.

Acreditavam-na mulher dócil e condescendente, que, se fosse por ela, viveria de outra maneira.

Na verdade, dizia que depois de provado o meu desregramento, o meu nomadismo, jamais trocaria aquela vida por outra, mais organizada, languidamente quieta e repetitiva, saciada de comodidades burguesas.

Não consigo desligar-me dela.

Onde ela se encontra, as leis que regulam o mundo não valem. Nem o tempo nem o espaço são coisas de se dar conta, e até os sentimentos são diferentes. Não há lugar para ciúme ou ressentimento, e qualquer coisa parece certa da maneira como aconteceu.

Nunca tive receio de falar com quem foi embora, talvez porque nunca vi uma separação nítida e crível entre o mundo dos vivos e o dos mortos. Deve ser por causa do meu amor pela África.

Aquela terra me confirmou uma idéia que sempre trouxe dentro de mim. Que todos permanecem, de um modo ou de outro, entre aqueles a quem amou. Terra, ar, árvore, rio, vento.

Por isso não temo o fato de sentir Dina ao lado, ao redor, no alto. Respiração, ar, espírito.

Era sete anos mais velha do que eu e durante todo o tempo em que vivemos juntos pensou, com uma ponta de ânsia, que coisa aconteceria com os anos, quando sua velhice despontasse por inteiro.

Não chegou àquele ponto, foi-se antes.

Não era mais jovem, mas tampouco ultrapassou o limiar da idade extrema.

Não teve rugas, exibia a face com serenidade, dizia que os olhos — a luz dos olhos — continuava a ser a mesma. E é verdade.

Sempre fora magra, vestia-se com calças e camisetas grandes e largas, como se estivéssemos viajando pelo mundo, em carros esportivos.

Representava bem o papel da senhora burguesa, quando era o caso, com os colares de pérolas de três voltas e os agasalhos de *cashmere*. A graça das cores e a suavidade dos tecidos a ajudavam.

Mas creio que o que a ajudou sobremaneira foi não querer demonstrar menos idade do que realmente tinha.

De qualquer modo não houve tempo de se tornar uma velha. Pelo menos como imaginava que devia ser se tornar uma velha.

Verdadeiramente bela nunca foi, nem ao menos quando moça.

Dizia não compreender por que eu a amara, justificando assim os meus parentes que eram contrários ao nosso casamento.

Eu era rico, ela quase pobre. Tinha apenas um nome principesco, verdadeiro e altissonante, que no entanto era a única coisa que restava de um passado remoto e de uma linhagem que jogou tudo fora entre cassinos e especulações erradas.

De um antigo resplendor restavam objetos tidos como relíquias que trouxe como dote, sem muita convicção, nem ritual.

Nos últimos tempos meu sono se tornou leve. Acordo por qualquer coisa.

De dia, permaneço entontecido e flutuo em jornadas estranhas e leitosas, como o calor desta estação que se agarra em nós, contrai a respiração e cansa as pernas.

Dias atrás, dei um pulo à outra parte da cidade para uma visita de inspeção a um estaleiro e me dei conta de que os prédios se estenderam além das minhas previsões e imaginação.

Perguntei-me onde eu estava enquanto bairros inteiros cresciam como manchas de óleo em direção à planície ou em direção ao mar, enquanto as periferias desconhecidas se enchiam de supermercados e palacetes, todos iguais.

Senti uma vertigem. O calor e o vento africano, a absoluta falta de identidade dos novos quarteirões me fizeram pensar intensamente, por um átimo, que estava na África, na periferia das capitais que se assemelhavam de maneira impressionante às periferias das nossas cidades provincianas.

Pensei que todas as periferias do mundo se pareciam e que aquele vento quente, aquela poeira suspensa na atmosfera sufocante, aquelas luzes ofuscantes fossem um *déjà vu*.

A vida se repete, pensei, não cessa de se reapresentar sob vestes falsas e mudadas, em duas, três imagens.

Sempre elas. Era esta a revelação.

Aquele momento e aquele lugar, portanto, já existiram e tornavam a existir.

As palmeiras e a terra requeimada, a areia das dunas, o mar que existia mas não era visto. Quanto tempo se passara?

Tive vontade de me deixar caminhar como o fluir de um rio. Também pensei: agora chega, estou cansado.

Tudo se recompunha e se juntava, como um cerco que se aperta, e a circunferência da minha vida era clara e nítida.

Nunca antes havia percebido o sentido de uma tal inteireza dentro de mim. A contagem retorna, disse para mim mesmo, o cerco se fecha, os anos cicatrizam e percebo uma coisa circular, quente, cheia de vento e de odor de mar, e esta é a minha vida, sei agora.

Fechei os olhos e não pensei em nada, sabia que aquele momento passaria e que talvez nunca mais semelhante epifania me visitaria, e queria conservá-la, mantida longe por tanto tempo e talvez temida.

Se era o fim, tratava-se de alguma coisa líquida e melancólica, mas não era dor. Era como se abandonar à sesta, flutuar em algo que lembrava o sono, o silêncio e o calor com vento.

Sou velho, pensei, mas era um pensamento como qualquer outro, indolor.

Pensei que, se havia um tempo no qual a vida quer ser toda reconsiderada, para se fazer um balanço, este era o tempo.

Algumas noites atrás tive um sonho recorrente, com poucas variantes.

Estou num lugar aberto, um jardim, um terraço, um prado. Tenho os olhos fechados, mas não durmo, estou num estado de torpor, algo me sacode e entreabro levemente as pálpebras.

Dina folheia uma revista, as cigarras enlouquecem, uma aragem movimenta os panos da espreguiçadeira. Fecho de novo os olhos e permaneço naquele estado entre sono e vigília.

Dina se dá conta de que não estou dormindo e me olha. Volta a folhear a revista mas de vez em quando levanta de novo o olhar.

Digo-lhe:

— Venha para cá.

Aperto sua cabeça contra meu peito e aspiro o odor de cabelos limpos, de sal e creme, que dela emana.

No sono ela é jovem, com freqüência o pequeno Giovanni também está presente e mesmo quando não o vejo pressinto sua presença. O lugar nunca é claro, mas a hora do dia e a luz me fazem pensar na casa que alugamos, durante anos, na praia dos Saraceni.

Por que, depois de tantos anos, surgem para mim as imagens daquele passado tão longínquo? Se é verdade que os sonhos querem dizer alguma coisa, que mensagem me trazem ou eu procuro?

Digo sempre que os homens não choram, não devem chorar.

É uma frase da minha geração. Porém outra noite chorei. Naturalmente estava sozinho, pois não choraria diante de vivalma. Eram dias em que eu andava em círculos, inquieto.

Nossa casa é muito grande, repito sempre, tornou-se muito grande de repente desde que Dina morreu. Digo isto com raiva.

Nunca levei em consideração a idéia de ficar sozinho.

Não sei por que chorei na outra noite. Não pode ser por Dina. Sua morte é um ponto imóvel, uma imagem parada na moviola, um despeito dos deuses.

No verão durmo no quarto dos limoeiros. Chamo-o assim porque os limões estão do lado de fora no balcão. Cinco grandes vasos. Coloquei-os ali para vê-los logo ao despertar. Uma das paredes é toda de vidro. Antes, quando Dina era viva, aquele quarto não existia, era um mirante.

Criei espaços novos e modifiquei paredes, tirei divisórias e alarguei janelas. Como se buscasse respirar, quis que entrasse todo o ar possível.

Mesmo depois que Dina foi embora os móveis são sempre espanados, as coisas permanecem no lugar certo, as cortinas lavadas duas vezes por ano. Clara é perfeita, mas há silêncio demais entre as paredes, demasiado para alguém como eu.

Talvez por isto inventei trabalhos em que a betoneira devia funcionar.

Restaurei a vila, por fora e por dentro, como se a solidão não me dissesse respeito.

Em vez disso, a solidão olhou-me de chofre e de chofre senti os espaços grandes e silenciosos e a falta de sentido do meu trato com pintores e marceneiros.

Dina dizia que minha alma é como esta casa, grande, apinhada, coisas em demasia.

O mundo me pareceu pequeno, eu o percorri a trabalho e por outros motivos, e sempre retornei carregado de tapetes, cestos, pedras, âmbar, corais e prataria.

Deveria continuar a dividi-la com alguém.

A alma e a casa.

Das janelas, não se vê o mar, mas se sente que está por perto. Em certas horas do dia e em certas estações perpassa pelo ar uma espécie de vento que cheira a vento de mar.

Sempre com mais freqüência me ocorre pensar que desejo fechar a casa. Continuo a repetir que é grande demais, muito cheia de coisas, tudo demais. Mas é porque não sei ficar sozinho.

Não sou homem de ficar me lamentando. Pelo contrário, fico chateado com quem age assim e odeio as palavras que nomeiam os sentimentos, mas há tardes em que ando de um lado para o outro como uma fera enjaulada, e a solidão me pesa.

Dina se foi de repente. Conhecíamos seu coração débil, mas sou um daqueles que desafiam os deuses e acabei por me convencer que minha vontade moldaria o destino. E no entanto as coisas correram de outra maneira e fiquei pasmo, de início, despeitado, como se me fizessem uma afronta.

Durante três meses não chorei nem praguejei, e nem deixei remover um objeto nem esvaziar uma gaveta.

Buscava, dentro de mim, a maneira de mudar a realidade, tentando anular o que acontecera.

Caminhava pelo quarto com o mesmo semblante carregado de quando, no deserto, percorria o terreno para decidir se devia cravar a sonda ou, melhor, se devia mandar os operários perfurar ainda em busca de água. De qualquer modo, sempre encontrei a água.

Depois devo, à minha maneira, ter-me dado conta de que, se ainda encontrava água no deserto, isso não me permitia moldar a vida, e então comecei uma série de trabalhos intermináveis.

A betoneira, durante anos, esteve no canto do jardim. Mandei construir uma piscina, uma dependência para hóspedes improváveis, um outro lavabo, um jardim de inverno e fechei o mirante para refazer o quarto dos limoeiros.

Enchi o corredor com pedras que recuperava, comprava, recebia de presente de maneiras variadas. Pedaços de capitéis de abadias em restauração, uma barbacã recuperada na Toscana, duas moendas de lagar que busquei numa aldeia da Sabina.

Meu carro estava cheio de amolgaduras porque transportava qualquer coisa que me parecia servir para completar os trabalhos.

Dina me amou muito, mesmo convivendo com a sensação de não ter acesso à minha alma. Espantava-me como ela rejeitava a energia física que nascia não apenas do meu corpo, mas de um modo de considerar a vida. Com rigor.

Ela sabia que havia partes de mim que não lhe pertenciam e que tampouco desejava penetrar — como uma segunda natureza que podia se liberar apenas nos desertos, em situações de risco e de imprevisto, ou em condições de ausência total de oportunidades.

Seguia-me até onde podia e depois ouvia minhas histórias e dizia que eu era louco.

Vivemos na África durante anos. Depois, quando Giovanni devia fazer os estudos superiores, Dina desejou retornar. Desde então, iniciei a série de viagens de ida e volta.

Três meses e um retorno. Este era o ritmo. No verão conseguia permanecer por mais tempo, mas nunca levei a sério a idéia de retornar em definitivo.

Quando fui chamado com urgência para a primeira operação cardíaca de Dina permaneci seis meses.

Depois de novo uma recuperação, uma segunda operação. Compreendi então que meu lugar era aqui.

E voltei com Arghirò.

Arghirò era a cozinheira grega que esteve conosco durante alguns anos. Na verdade era mais do que cozinheira. Acabou por ocupar um lugar central na casa. Cuidava de nós como se fôssemos seus filhos. Estava sempre pronta a se desdobrar em papéis diferentes: criada, mensageira, governanta, conselheira sábia.

Arghirò encontrava a solução para tudo. Podia se tratar de localizar um operário para consertar o teto ou expedir um pacote para a Itália, receber hóspedes de improviso ou encurtar um vestido, bloquear as invasões periódicas das formigas ou permanecer acordada a noite inteira ao lado de Giovanni com febre.

Tinha uma idade indefinível. Era certamente velha, mas seus olhos pretos eram olhos de moça, e no passo ágil, nas pernas magras, no porte ereto, tinha qualquer coisa de ágil — recordação da jovem que fora um tempo.

Os anos na África com Arghirò foram anos felizes.

Naquele tempo eu não pensava no futuro, não o imaginava, vivia num presente cheio de emoções, de descobertas e de trabalho.

Talvez julgasse que a minha vida seria sempre assim, uma eterna peregrinação de um lugar a outro. O mundo era vasto, bem arrumado, pronto apenas para ser atravessado. E a África, aquela parte da África, me conquistara.

Até o fato de que Dina tivesse retornado não bastava para me estimular a mudar de comportamento.

Dina organizou nos armários as coleções de âmbar e malaquita, de corais e de prata. Ela dispôs os ícones, e são dela os diários encadernados em couro na última estante da biblioteca — os diários de nossas viagens e de suas esperas. Punha a vida em ordem, estando perto ou longe.

Em viagem, sua escrita removia a poeira, restituía aos dias um ritmo limpo, previsível e sóbrio com que eu não queria conviver mas de que tinha necessidade de algum eco.

Em matéria de amor, tomei-a do modo que sabia.

Ultrapassava o limiar de sua ordem e se entregava como participante de jogos.

Depois retornava aos diários e à organização dos detalhes, aos móveis e às cortinas, às coisas bonitas de que extraía prazer para os olhos e o tato, mais adequados à sua natureza.

Mas na minha natureza ela transitava com o estupor de quem se perde num mundo estrangeiro, mas não estranho.

Não carregava nada e voltava sucessivamente com naturalidade. Fiquei cansado de viver sem Dina e sem os desertos. Sobretudo, me cansei de aceitar a velhice.

Como aconteceu na sua morte, irritei-me em pensar nisso, porque não me sentia em condição de representar o papel de senhor maduro rico de experiências, de dinheiro, de mundanidade.

Sempre pensei no tempo como se fosse um lençol distendido e comprido e no entanto devia me dar conta que não era assim e que devia raciocinar em termos diferentes.

Depois de Dina o desejo se exauriu.

Como um patife, desleal e mentiroso, dobrei, tripliquei, multipliquei minha vida, as ocasiões, os encontros.

Havia a África, voz de sereia, e não era apenas pelo trabalho. Eram os desertos e aqueles céus intermináveis que me chamavam. Tive tudo ao mesmo tempo, mas era ela o lugar do retorno.

Dina amada e companheira, Dina tratada como um recém-nascido quando o coração débil tornou difíceis todas as coisas.

Caiu de repente e a amei mais ainda, nunca foi um falso amor, mesmo se outras presenças transitavam nos meus dias.

Pois a vida continuava a se oferecer a mim e eu a tomava da única maneira que sabia. Com as mãos cheias.

Nunca me senti culpado, uma espécie de inocência guiava meus sentidos como os navegadores se guiam pelo Cruzeiro do Sul.

Depois que Dina se foi, tudo acabou de um só golpe.

O corpo ancorou num limbo de castidade desconhecida.

Alguns raros sonhos me envergonhavam, vinha-me um nervoso como por um estranho acontecimento, ladrão intrometido nas minhas noites.

Pensava que tudo andaria adiante. Viver eu tinha vivido, e muito. Minha vida fora como um festim e agora havia um outro tempo, era o pós-Dina. Um tempo que se assemelhava à suspensão das primeiras horas da tarde.

Quando encontrei Lia, no entanto, senti que o tempo se pusera em movimento. Da nuca de Lia emanava um odor de fêmea e fêmea era a sombra do suor que banhava a camisa de seda, leve, sob as axilas.

O que me chamou a atenção nela, na primeira vez em que a encontrei, foram os grandes óculos que lhe tomavam metade do rosto.

Eram muito grandes, desproporcionais. Perguntei-me que oculista pôde sugeri-los. Por certo aquelas lentes não podiam ter o foco no ponto justo.

E depois os tornozelos, sutis. Movia nervosamente o pé esquerdo sobre o direito, rodeando-o, levantando e abaixando a ponta, e naquele movimento as saliências ósseas do tornozelo e os tendões se mostravam nitidamente.

Creio que tudo se iniciou porque me decidi por nós dois, forcei-a naquele ponto em que sempre se detinha, entre chamamento e medo, vontade de se deixar conduzir e tranqüilizadora condição de não correr riscos.

— Você pensou mais do que viveu a vida — disse-lhe um dia. Ficou em silêncio e me confessou, algum tempo depois, que revolveu extensivamente aquela frase.

Juro que nada havia de previsto quando aconteceu aquilo que aconteceu.

Era março. Recordo que fazia um frio dos diabos, fora um inverno particularmente duro, custava a acabar e entrei nele como num túnel. Odeio o frio.

Ela também o odiava porque vestia uma grande quantidade de pulôveres, echarpes e xales.

Talvez tenha sido um dos pulôveres, não sei. Sobre a lã cinza-pérola havia um escrito, leve, azul-celeste, em letra cursiva: *la seduction*.

Estávamos um diante do outro, entre nós havia um mar de papel. Meu olhar leu *la seduction* e busquei-a nos olhos.

Ruborizou-se e fiquei encantado com uma mulher que tinha ainda a capacidade de se ruborizar.

Como podia eu prever o que iria acontecer?

Era um ignorante, contava os anos. O último de meus pensamentos era que a vida tivesse ainda em depósito alguma coisa. Todos os meus dias, nem doces nem amargos, assemelhavam-se.

Comecemos pelo alto, pelos olhos.

Os olhos de Lia são claros, como dois lagos, e pensei que ela vinha de gerações de pessoas que olharam para a água durante muito tempo. Não tanto a água do mar aberto, de preferência a dos rios ou dos lagos ou das lagoas.

Eram olhos de água estagnada.

E depois havia seu corpo, miúdo, os pulsos pequeníssimos.

— Você pesa quanto? — perguntei-lhe, poucos dias depois de conhecê-la, sabendo que fazia uma pergunta estranha. Normalmente não pergunto quanto pesam as pessoas recém-conhecidas.

— Cinqüenta quilos — respondeu. Achei que chegara perto e fiz uma subtração, $80-50=30$. Pesava, portanto, trinta quilos a menos do que eu.

Senti o peso leve do seu corpo sobre o meu e me envergonhei daquele pensamento insípido.

Talvez devesse prestar atenção ao pensamento indecente.

E depois há a voz, calma, pacificada. Fala muito bem o italiano, estudou e se diplomou na Itália, mas um leve, claríssimo sotaque denuncia a origem. Pai ítalo-americano, mãe polonesa.

Nunca falou de boa vontade sobre a família, de resto era sem família. Filha única, a mãe morreu logo depois de seu nascimento e o pai quando ela tinha mais de vinte anos. Havia alguns parentes desconhecidos e longínquos na Polônia, talvez mesmo em Cracóvia, onde nascera a mãe. Um ex-marido em alguma parte.

Sim, acredito mesmo que durante dias e semanas eu ignorava aquilo que levitava dentro de mim. Talvez apenas alguns momentos particulares, frases, um par de gestos, em suma: pequenas coisas que aconteciam e me ocorria sentir um pouco, algumas horas, metade de um dia, como um eco dentro de mim.

Mas enxotava facilmente aquele ruído na cabeça, às vezes até enfastiado que tivesse me acompanhado, como o cão vadio que o persegue e você não sabe como se livrar dele, dá voltas esperando que vá embora e no entanto imagina o que fará se não se afastar. De nenhuma maneira poderá levá-lo para casa.

Pensar em Lia, levar para casa uma de suas risadas ou frase, o fragmento de um discurso, um gesto distraído da mão, a cor do pulôver daquele dia, tornou-se um fato cada vez mais freqüente.

Foi-me fácil encontrar uma explicação. Uma bela pessoa, uma bela cabeça. Naquele ano, sob sua direção artística, os concertos estivais foram um programa excepcional.

Enquanto aguardava, treinei comigo mesmo, durante semanas e meses, até a récita a mim dedicada, o papel adequado de senhor de antigamente, um pouco paternal e um pouco sedutor, irônico e brincalhão, galante na dose certa.

Brincava com o fato de que era velho e sem tentações e no entanto punha as mãos na frente convencido de ter tudo sob controle.

Ao contrário, não controlava nada.

Foi um percurso oblíquo. Enquanto controlava as vias diplomáticas do nosso encontro, pedaços meus e dela se revelavam e jogavam, buscando-se em caminhos secundários, um pouco fora de mão, daqueles que não constam nem dos mapas de proporção 1:10.000.

Ela muitas vezes me escrevia e eu não abria logo sua carta. Colocava-a na escrivaninha, separada do restante da correspondência, e a acariciava com a mão, virava o envelope entre os dedos, na verdade relia somente meu nome porque não constava o remetente, nem qualquer outra coisa além do endereçamento. Fazia a leitura antes de pegar no sono. Ela me chamava de *honey*.

Era um jogo entre nós.

Em política sempre fui conservador e aquela mulher era o contrário. Eu a chamava de Dolores Ibarruri. Mas dizia Dolores Ibarruri com ternura, talvez um pouco surpreso por ter me acontecido encontrar uma pessoa tão distante politicamente. Mas era mesmo distante?

A primeira vez que veio à minha casa nos tratávamos ainda de senhor e senhora, e ela veio com outras pessoas.

Numa noite me pareceu que o tempo andou para trás, na época de Dina, quando muitas vozes circulavam pelos quartos. As luzes ficaram acesas até tarde, do jardim vinha uma brisa fresca e, depois da ceia, passamos ao salão.

Ela estava feliz, alegre, e num certo momento nos pusemos a cantar e ela cantou uma canção antiga e a voz era quente e forte, como se fosse um absurdo sair daquele corpo tão pequeno.

Um pouco antes de todos saírem, descemos ao jardim e foi então que desejei ficar a sós com ela. Peguei-a pela mão e levei-a ao fundo do pórtico, falando devagar, de coisas sem importância.

Seguia-me com docilidade e parecia absorta num pensamento.

Quando ficamos fora do olhar dos outros, parei, acariciei-lhe o rosto e o pescoço e, tratando-a de súbito por você, disse-lhe:

— Sou velho, mas desejo você com o desejo de tempos atrás.

Ela ficou alguns instantes em silêncio, encostou-se em mim, percorreu com dois dedos meus lábios e disse devagar:

— Também quero, mas tenho medo.

Depois alguém a chamou:

— Vem, já é tarde!

— Tarde para quê? — ela disse. Mas tão suavemente que ninguém ouviu. Só eu.

Passou-se algum tempo desde aquela noite. De resto, em função de seu trabalho, precisava viajar de vez em quando.

Um dia retornou. Não mudara muito. Os cabelos continuavam curtíssimos, estava bronzeada. Estivera mais de um mês em viagem pela Itália e depois pela Alemanha, me parece, para programar uma temporada de concertos num lugar do norte da Europa. Telefonava quase todos os dias. E eu perguntava sempre:

— Quando você volta?

Ela voltou.

Quando chegou, era de noite, quis conhecer os cômodos da casa e, como estivera ali apenas uma vez, perdeu-se nos corredores e pelos quartos e, num determinado momento, chamou-me com força:

— Ignazio, onde você está? Me perdi.

A princípio parecia um chamado feito para brincar, mas depois chamou de novo:

— Ignazio, onde você está? Me perdi.

E na sua voz havia uma ânsia verdadeira. Como se temesse de verdade não encontrar mais a saída.

Alcancei-a e disse:

— Boba, como pode pensar em se perder? — Eu falava como se respondesse a uma outra frase, idêntica nas palavras, mas diferente no sentido.

Como naquela noite:

— É tarde.

— Tarde para quê?

Abracei-a com força e levei-a para a cama, no quarto dos limoeiros. Assim, fizemos amor, subitamente, com fúria, desejo, com vontade de nos dizer que não estávamos perdidos.

Dormimos no quarto dos limoeiros e nosso amor foi longo.
Ela se mostrou embaraçada no início. Via-se que não tinha desenvoltura.
Era quase de madrugada quando pegamos no sono. Ela pronunciou apenas algumas poucas e indecifráveis sílabas. Sussurrou com clareza apenas *honey*.
Despertei algumas horas depois, o sol ainda não estava alto. Acariciei-lhe os cabelos curtos de rapaz, cobri-a com o lençol e saí da cama em silêncio.
Desci ao jardim e me dirigi para a construção do fundo. A betoneira se conservava silenciosa. Era domingo. Num canto estavam as roupas de trabalho dos operários, montículos de cimento, vigas.
Eu construía um pavilhão onde queria colocar as moendas de lagar e talvez a âncora do navio romano que recuperei no verão anterior, e quem sabe quantas outras coisas.
Minha aparência era semelhante à que tinha no tempo dos canteiros de obras. Mangas arregaçadas, óculos sempre salpicados de poeira e cal, cabelos abundantes e desalinhados que penteio com as mãos. Minhas ordens eram severas.
Como de hábito, sabia como devia ser feita a escavação e em que ponto instalar a perfuradora.
Ela acordou com o sol alto e me disse que a primeira coisa que pensara era: "Nunca acordei tão tarde" e depois

se aproximou do meu lugar vazio na cama e inspirou meu odor no travesseiro, fechou os olhos e provou a dolorosa sensação de uma felicidade perfeita demais — aquela que o corpo e o coração não são suficientes para conter.

Quando subi do jardim, juntei-me a ela no quarto dos limoeiros e pus sobre seu corpo nu todos os colares da vitrine da direita, perto da janela.

Ao redor do pescoço, dos pulsos, nos calcanhares, e ela ria e se defendia, ainda quente de sono e incrédula de felicidade. E ficamos abraçados.

Depois de Dina, entrei em poucas casas de mulheres e não fiz amor com nenhuma. Talvez me parecesse uma afronta a Dina, talvez temesse o remorso.

Tive muitas mulheres e creio que Dina não sabia delas.

A história com Lia continuou.

Nos encontrávamos como e quando podíamos. Às vezes viajávamos juntos, mas a maioria das vezes eu esperava o seu retorno.

Tenho uma única foto dela.

Na foto é inverno e ela ri tendo ao fundo o campo gelado. Está agasalhada com um xale e usa óculos escuros. Era um dia de luz intensa. Dir-se-ia que estava feliz.

Foi durante uma viagem à Toscana.

Ela vinha de anos de excessivas tardes dominicais solitárias, sobretudo vinha de uma ordem que lhe dava a certeza de ter vivido o tempo de sua vida.

Gostava de seu trabalho, era o seu mundo. E, peregrina, viajava muito, sem plantar raízes verdadeiras em lugar nenhum.

Uma vez fiz uma brincadeira sobre sua condição de judia errante. O rosto se encrespou e respondeu:

— Na mosca! Minha mãe era judia.

Ao contrário, encontrara a mim, ela dizia, presente inesperado, atentado ao seu nomadismo, tentação de vida estável.

Ambos pensávamos que muitas coisas não eram justas porque aquela história podia durar ou sofrer um bloqueio.

Dentro dela se desatou o medo, fera imunda que a dominara. Seu corpo esqueceu todas as fórmulas e a mente ignorou as arestas. Sentiu que podia confiar em si própria, que não se machucaria. Nas profundidades mais ocultas conhecia o desembarcadouro e os gestos.

Desataram-se os nós da vergonha e todas as coisas se tornaram simples.

Uma vez disse que não se reconhecia mais, que não era ela, que se comportava como louca, mas talvez tenha pensado também que loucura era viver como até agora vivera.

Saía do amor com um vocabulário que se transformava.

Palavras novas se juntavam às velhas, palavras que falavam do corpo e do prazer. Daquelas que conhecia, como as serpentes em época de muda, deixava cair os primeiros significados e reencontrava novos, diversos.

Tinha de vez em quando uma expressão melancólica e olhava para fora da janela.

Atravessara demasiados anos imaginando a vida e agora era pressionada, de dentro, por todo aquele tempo de silêncio.

Eu me dava conta quando a melancolia a destroçava, e lhe dizia bruscamente:

— O que aconteceu? Está enfeitiçada?

E a arrastava pelas estradas, pelos canteiros de obras, aos depósitos de mármore, ao jardim para falar com o ferreiro. Espantava a melancolia do olhar obrigando-a a tomar medidas, a escolher o granito, a decidir onde encaixar no pórtico as peças de cerâmica.

Ela sentia que aquela concretude a salvava e extravasava a alma de alguma coisa, talvez o amor, por mim, encontrado bem tarde. Tarde em relação a quê?

Eu sabia que havia no fundo das pupilas dela um ponto morto, um buraco negro que queria sugá-la e decidi que faria qualquer coisa para libertá-la do malefício que a enfeitiçara, não sei quando nem por quê.

Sei apenas que acontecia e que eu desejava resgatá-la do nada que a puxava para fora.

Falava-lhe de viagens e de cidades, aquelas que ainda não vira, e dizia:

— Levo você. — E ela sorria e sacudia a cabeça, um pouco divertida e um pouco encantada.

Foi quando transplantei três oliveiras para o jardim. São plantas muito velhas, com os troncos ásperos e retorcidos.

Todos me acharam louco, considerando o que me custaram, mas eu disse que não tinha mais tempo de vê-las crescer e assim escolhi-as já velhas, como eu.

— Você tem alma de camponês, de vendedor de roupa velha — ela me dizia. Um tanto pelo meu ser ligado à matéria, à terra, ao trabalho com as mãos, um tanto pela quantidade enorme de coisas que continuava a recolher pelo mundo.

Venho da terra, de gerações de homens ligados à colheita, aos campos, homens que abarcavam com o olhar de patrões os hectares de vinhas, pastos, semeaduras.

Ela pensava que eu tinha o poder de tornar claras as coisas obscuras, de ancorar na terra, de sair do vazio, que eu caminhava com segurança, de tudo, até de governar o tempo.

Pelo contrário, até eu de vez em quando me perdia, mas não me agradava admitir ou falar disso.

Assim acabava por achar que tudo ia otimamente. Minha fragilidade jamais pede para ser vista e acariciada.

Ela às vezes se dava conta que eu tinha uma sombra na voz. Pensava que naqueles momentos eu mesmo estivesse medindo os anos e então gostaria de distrair-me, fazer brincadeiras e cabriolas, ser boba, dizer-me que a juventude às vezes é um engano.

Com freqüência ficávamos em casa, mas se o tempo estivesse bom saíamos de carro ou muitas vezes ficávamos no jardim.

Volta e meia fazia-a ver alguma coisa nova: um banco sob o pórtico, a sebe de mirto, o agave no cântaro comprado em Impruneta...

Ela não se perdia mais, movia-se com segurança pelos corredores e seguidamente queria cozinhar.

Em tantos meses jamais nos dissemos aquelas palavras que, precisas, nítidas, falam dos sentimentos. Nunca declinamos o verbo amar. Podia ser uma história feita apenas de desejo e de sexo, mas eu lhe dizia algo mais do que desejo quando a fazia encontrar a mesa decorada com os cálices de Murano e, ao lado de seu prato, uma taça de aguardente de medronho que lhe agradava mais pela cor do que pelo gosto.

Insinuava outra coisa quando a fazia encontrar as folhas de erva-cidreira, porque uma vez ela fez um licor, mas depois não conseguiu mais encontrar uma planta perfumada no ponto certo.

Nestes trabalhos ela se sentia amada e valorizada, como um desenho ou uma renda. Não estava habituada e acolhia como um presente maior do que qualquer palavra o medronho, a erva-cidreira, os cálices de Murano e eu sentia que ela me era agradecida pelo fato de não pronunciar o verbo amar. Eu a teria constrangido.

Tremia quando pensava em futuro. Não falava dele e o concebia apenas feito de um dia depois do outro.

O futuro era no máximo o entardecer e o amanhã.

Os espaços nos quais projetava uma ação, um encontro, um gesto eram feitos de dias pela metade.

O desenho se construía, caso se tratasse de desenho, de pontos, um atrás do outro. Como nos quadros de Seurat.

Por isso havia entre nós um pacto tácito: não lançar um sobre o outro pontes a respeito dos dias vindouros, não nos conceber juntos a não ser no presente do indicativo, quando estávamos juntos.

Uma noite iniciei um confuso discurso sobre anos, sobre minha velhice, sobre o fato de que ela era muito mais jovem e, em suma, era uma coisa que antes ou depois pesaria na balança.

Ela disse que não sabia que tom assumir, não sabia que discurso era. Perguntei-lhe se havia pensado alguma vez em tudo aquilo que eu estava lhe dizendo.

Estava desorientada. O que deveria dizer?

Que quando podia revistava entre meus remédios para saber como eu estava? Que uma vez copiou uma receita médica para poder compreender? Que o pensamento de que eu estava mais propenso ao declínio lhe apertava a garganta?

Aprendera comigo a empurrar para trás aqueles pensamentos, logo eu que lhe ensinara que não se pode atravessar a vida pensando nela e, sim — certa ou errada — deve-se apenas vivê-la. Justamente eu agora vinha com discursos que não somavam meia dobra, mas cuja única conclusão, se conclusão havia, era que devíamos nos entristecer ou nos deixar, ou fazer dos nossos encontros um jogo leve e casual, desenvolto e fugaz, como uma agradável mas inconsistente aventurazinha acontecida por acaso?

Eu disse num certo momento algo sobre nossa maneira de viver, sobre nossa história:

— É uma vida mutilada.

Ela, que perdera um pouco o fio do discurso, perguntou:

— Mas de que vida mutilada você está falando?

Depois permanecemos em silêncio. Num certo ponto ela se levantou do divã:

— É tarde. Devo ir embora.

Estávamos ambos constrangidos, nunca tivemos em nossas conversas um tom tão grave, uma sombra na voz. Mas talvez devesse acontecer cedo ou tarde.

— Acompanho você — me ofereci.

Entre nós se fez um vazio. Percebemos o mal-estar, nunca antes sentido, de ser estranhos, cerimoniosos, distantes.

Nunca conjugamos o verbo amar e os outros verbos sempre utilizamos no presente do indicativo.

Aquela vez também foi assim.
Abracei-a, tomando-a pelas costas, e perguntei:
— De outra maneira, como acaba?
E ela, depois de um átimo:
— Quem sabe? Neste meio tempo não acaba.

Lia carregava consigo uma dádiva e uma condenação, de compreender, de saber encontrar as palavras para atrair os pensamentos mais indecifráveis e escondidos, mais inconfessáveis e tortuosos.

Sabia escutar e depois, quando intervinha, desatava os fios enredados de certas almas e deixava admirados e aliviados aqueles que punham em suas mãos as próprias complicações.

Naturalmente fazia aquilo também comigo.

No início a escutava encantado e me agradava pedir-lhe para falar. Freqüentemente recusava.

Não se deve pensar que Lia fosse sabichona. Era congênita nela aquela capacidade, como um destino. Tinha uma espécie de duplo olhar e de duplo ouvido que lhe permitiam andar sempre na frente, mas sem esforço, quase sem querer. Interpretava as cartas, eu as dizia.

Agradava-me diminuir a espessura daquela sua capacidade, reduzi-la a uma fala um pouco ácida e um pouco irônica. Porque, acredito, eu a temia.

Junto com a admiração havia uma obscura perturbação por aquela decifrabilidade que os signos oblíquos reservavam a ela.

Dou um exemplo.

Minha mãe morreu quase centenária. Nos últimos anos, no tempo em que Lia entrou na minha vida, entre tantas incongruências em que a mente de mamãe se perdia, havia sempre a obsessão recorrente de que minha irmã Agnese lhe roubasse as economias que, em dinheiro vivo, conservava na primeira gaveta da cômoda.

Naturalmente não havia nada de verdadeiro. Agnese não só não lhe subtraía dinheiro mas era, entre nós dois, aquela que, com mais freqüência do que eu, destinava pequenas e médias somas à nossa mãe. Sabíamos que mamãe gostava de dispor de cifras ao menos suficientes para toda uma série de doações a missões, associações, santuários, congregações de padres e monjas.

Sabe-se que provocava complicações, talvez escondesse dinheiro em algum lugar e depois se esquecia.

Após sua morte encontramos diversas pequenas somas nos lugares mais improváveis, até dentro de uma caixa vazia de xarope para tosse.

No correio se fazia ajudar por qualquer pessoa para preencher os vales postais. Como evitar que a enganassem? Era quase cega e devia forçosamente confiar em qualquer desconhecido para preencher as fichas.

O certo é que, com regularidade, nos últimos anos, apesar dos meus argumentos, continuou obstinadamente a acusar Agnese de furto.

Agnese aceitava estoicamente, como prova de desvelo para merecer um bom lugar no outro mundo, aquelas acusações. Seu único comentário, se dizia alguma palavra sobre o assunto, era:

— Mas o que querem? Mamãe não raciocina, é louca.

A mim parecia verdadeiro o que dizia, mas aquele adjetivo *louca* não caía bem.

Não podia garantir que minha mãe raciocinasse com lucidez. Vivia num mundo particular em que o tempo não contava mais, confundia os vivos e os mortos, as guerras a que assistira na sua longa vida e falava da batalha de Verdun, na qual morrera o irmão, o tio Alfio, como de um acontecimento ocorrido na semana corrente.

Lia tinha uma estranha aliança com minha mãe. Conseguiam falar e encontrar assuntos de conversação variados e desconexos. Suas conversas não tinham um fio lógico, ou ao menos assim me parecia.

Mamãe contava coisas de sua primeira juventude e ria ou se comovia com os episódios a que fazia referência, e Lia a acompanhava naquelas confidências, partícipe.

Um dia em que tocamos no assunto creio ter dito que era muito hábil em fingir tanto interesse pelos discursos de mamãe. Ela respondeu que não fingia.

— Mas ela fala de coisas que aconteceram quando você nem era nascida, como se fossem de ontem.

— Para ela são de ontem, ela as sente assim.

— Aquilo que diz muitas vezes não é verdadeiro.

— Mas as emoções que sente são verdadeiras.

E a propósito dos roubos de que Agnese era acusada me disse um dia que mamãe não era nem um pouco louca.

Segundo ela, dona Maria falava de outro furto, mas furto da parte de Agnese.

Não lhe recordei eu, muitas vezes, que minha mãe era ciumenta pelas atenções que meu pai sempre reservava para Agnese?

Não lhe recordei eu mesmo que papai, desde que Agnese se tornou maior, confiara-lhe as contas da casa e as relações com o banco e os arrendatários? E que mamãe sempre se sentia suplantada por aquela filha maior tão hábil e capaz, mais capaz do que ela?

Quanto lhe devia ter pesado ser excluída daquela relação privilegiada que o marido e a filha estabeleceram e que a deixava de fora.

De súbito, a loucura de mamãe me surgiu com uma lógica.

Afligia-se portanto por um outro furto, bem longínquo no tempo e com certeza mais longínquo ainda de todos os objetos ou valores concretos, mas sempre um furto sofrera e agora deitava para fora a amargura de uma alma defraudada, finalmente livre para poder acusar a filha de ser uma ladra.

No decorrer dos meses e dos anos acabei por rever muitas coisas da minha vida com outros olhos. Às vezes porque eu próprio estimulava Lia a falar das minhas coisas, afastadas, ou então de relações presentes. Mas eu partia de coisas concretas e indiscutíveis. A interpretação que ela dava eu a buscava e me irritava ao mesmo tempo.

Seus raciocínios eram sempre lúcidos, análises cautelosas e jamais arrebatadas. Mas em mim se acentuava esta esquizofrenia: de um lado eu reconhecia a dádiva da palavra que interpreta e revela, de outro aquela dádiva me irritava e me levava a ser agressivo com ela.

Com o passar dos meses nossa relação se tornou tensa.

Cada vez com mais freqüência me vinha a raiva. Sentia raiva daquele seu olhar quando não olhava e se perdia. Dava-me raiva aquele seu sentir-se perseguida, renunciante, prisioneira. Sempre de alguma coisa, mais do que de alguém.

Dominava-a uma ânsia que não conhecia graduações: podia ser por um nada ou por uma coisa importante. Era capaz de perder o sono por um livro que não encontrava e não se lembrava onde podia tê-lo perdido ou a quem dera, como podia ser por um trabalho sério que devia entregar dentro de pouco tempo.

Podia ficar paralisada porque chovia lá fora e tinha medo dos temporais ou porque um diagnóstico médico era realmente preocupante.

Tentei sacudi-la, e às vezes conseguia, mas depois tornava a recair naquele olhar que não olhava e compreendia que dentro dela se afrouxara de novo uma mola.

Ela era precisa como um relógio, mas um relógio que caminhava com a condição de receber de vez em quando um golpezinho externo.

A sua era uma engrenagem que se travava mas se punha de novo em movimento e andava, até certo ponto. Parava depois e não tornaria a se mover se não sofresse um empurrão.

Mas por que devia ser assim?

Um dia lhe falei de Dorando Pietri. Ela conhecia vagamente aquele nome e enquanto lhe descrevia a sua queda, a poucos metros do obstáculo, ela disse:

— Compreendo.

Senti por dentro uma raiva enorme.

— Mas como compreende? — respondi-lhe. — É possível que você sempre se sinta como Dorando Pietri? Por que tem tanto medo de vencer?

Fechou-se no silêncio, um daqueles seus silêncios espessos, duros, impenetráveis.

Quando fazia assim, imitava as coisas, a matéria, acabava por arremedar uma pedra, assumindo-lhe a consistência: dura, impenetrável, refratária.

Então eu saía, porque caso contrário lhe daria umas bofetadas.

Sentia-se perseguida, carregada de uma raiva comprimida e prestes a explodir. Liberava-se muitas vezes nos sonhos.

Uma noite sonhou com um carro no qual viajava. Na aparência, o carro estava inteiro, mas o motor pegava fogo. Alguém a advertia e, aberto o capô, saía uma densa nuvem de fumaça.

Perguntava-se, sempre no sonho, como pudera não se dar conta de dano tão grave, era um perigo de que se salvou por um triz. Beirava a explosão, a morte.

Estava cheia de raiva e sentia aquela raiva crescer, chegar de longe. Durante dias tomava a forma de uma ânsia progressiva, que crescia, crescia, crescia até sufocá-la.

Seguiam-se pequenos e furiosos acessos de ira, logo reprimidos, vontade de quebrar alguma coisa, de dizer coisas feias.

A raiva sempre se tornava mais forte, revelava um ódio obscuro e duro e, depois, enfim, explodia. Então todos e tudo a tornavam longínqua, fechava-se num rancor surdo e tenaz.

Gerava ao redor uma sensação de deserto. Renegava os álibis, as justificativas. Não queria tentar compreender nem a si própria e nem aos outros.

Permanecia onde estava, onde vivia, entre os objetos e as ações de rotina, mas era apenas seu dublê que agia, mecanicamente.

Sei que se dava conta, com absoluta e amarga certeza, de ser profundamente solitária e, talvez, absurdamente malograda.

Abandonava-se a comportamentos que de propósito ostentassem sua vontade de permanecer distante. Não comia, não respondia quando lhe falavam, deixava tocar o telefone como se fosse surda, fechava-se, se podia, num quarto.

Também comia desordenadamente tudo o que desejava e em quantidade desproporcional: sorvetes, chocolate, biscoitos mergulhados em vinho marsala...

Percebia ao redor minha discrição e ficava satisfeita. Era o preço mínimo que queria que pagassem. Todos.

Parece-me compreender que para Lia se fechar como um caracol e imitar as pedras era uma salvação e que continuaria pelo resto de seu tempo a adotar aquela mimese sempre que sentia necessidade de se defender de qualquer coisa temível.

Pouco importava se a ameaça fosse proveniente de fora ou de dentro de si. Podia, de fato, arrastá-la como lava, fogo, torrente.

Qualquer coisa que fosse seria uma devastação.

Compreendi que aquele seu dar-se por vencida era na verdade uma maneira de continuar a viver, para ter certeza de que sobreviveria. Era mais resistência do que rendição.

A chuva, hoje, ajuda-me a falar de Lia.

A chuva de verão é anormal, leve, até quando é abundante. É fora de época, como foi, para mim, sem dúvida, a relação com Lia.

O JOGO DA SORTE

A chuva de verão sempre causa alguma admiração e provoca, ainda que por poucas horas, um fingimento de outono, de primeiros frios, desperta um desejo de entocar-se.

Temporais de verão são belos porque provisórios e imprevistos. Representa-se outra estação e ali está o jogo.

Aconteceu a mesma coisa com Lia.

Nada é mais belo do que um encontro fora de temporada, mas por força das coisas é marcado pela idéia de que "não dura". Mas sempre pensei na duração do instante em que as coisas ocorriam. O efêmero existe, se se deseja, em todas as coisas. Por que se afobar em colhê-lo, bordar sobre ele, deixar-se poluir?

Mas sei que nem todos concordam com meu modo de pensar.

Lia, muito mais jovem do que eu, não concordava. Dentro dela o presente nunca estava presente, um olho interno fitava as coisas e colhia, antes de mais nada, a transitoriedade, a fugacidade. A vida, vivida assim, é um problema, uma fadiga.

Meu Deus, eu me disse tantas vezes, meu Deus, mas como é complicada! Onde fui buscar uma mulher assim? Nada tem em comum comigo e então por que me tocou a alma?

Ninguém se aventurou a comentar o caso diretamente comigo.

De resto, eu e Lia éramos muito discretos e compreendíamos suficientemente que este lugar não perdoa, tem a memória longa para certas coisas.

Em 1951, uma amiga de Agnese foi expulsa da Ação Católica porque votou no Partido Socialista. Desde então trocou de confessor e paróquia e deixou de cumprimentar minha irmã, mas ainda hoje Agnese gostaria de discutir a questão.

Porque Agnese, na *vexata quaestio*, questão longamente debatida e controversa, tomou o partido de dom Luigi Carlini, pároco que decidiu pela expulsão dos subversivos da Ação Católica.

A região revolve na memória suas velhas histórias.

Do relacionamento entre mim e Lia, me caberia a parte sobre a decadência senil. Mas não a ela, que ficaria com a parte pior. Passaria por arrivista, interesseira.

O lugar julga e rotula, mas com o estilo que lhe é peculiar: o de opereta.

Todas as coisas, portanto, todas as situações, especialmente se têm a ver com os sentimentos, representam papéis já predispostos, sem esfumatura, sem semitons.

A doença me obriga a acertar as contas com os anos, mas talvez porque vivi um milagre fora de temporada, ou talvez porque os anos às vezes proporcionam uma espécie de paz interna, desta vez as contas não me pesaram muito.

Compreendi, no entanto, que devia liberar Lia.

Não sei por que, mas com freqüência me acontecia chamá-la de Dina. No início, ela ficava surpresa e sorria.

Depois começou a se aborrecer com meus lapsos.

— Eu sou eu — dizia.

Até da hostilidade de Agnese e Giovanni extraía no início um orgulho melindrado. Depois a hostilidade a prostrou.

Nos últimos meses de nosso relacionamento percebia-se que estava mal. Era como um animal enjaulado. Ia de um quarto para outro, inquieta. Com as mãos esfregava os móveis, sempre para ter certeza de que cada pedaço estivesse em seu lugar. Endireitava alguma gravura pendurada nas paredes, espichava a ruga de algum centro de mesa ou alisava uma prega da toalha.

Fumava um cigarro depois do outro, sentava-se, levantava-se, uma azáfama inconclusa em torno de minúcias.

Pintar as unhas com esmalte era a ocupação mais conclusiva daqueles dias pela metade. Amadureceu em mim, observando-a, o desejo de afastá-la, de salvá-la.

Não queria que se perdesse na melancolia. A melancolia é um luxo, uma doença, é literatura. Ela devia combatê-la e buscar a realidade, a concretude, caso desejasse se salvar.

Permanecendo neste lugar acabaria por pensar que é tudo muito breve, e se deixaria vencer pela doçura deste pensamento.

É um pensamento traiçoeiro, amarrado e adulterado. Devia fugir dele como da peste, sem se deixar enfeitiçar pela reflexão.

Nunca fui inclinado a sentimentos indolentes ou soturnos. Nunca chorei, portanto, por causa do assunto.

Agora é um tempo em que tudo se aquietou. Mas não se apagou. Nenhuma recordação, nenhuma emoção se apaga.

Só que todas as coisas encontraram repouso.

Giovanni sentiu imediata aversão por Lia. Notei no mesmo momento em que os apresentei.

Formalmente foi perfeito e Lia esboçou um sorriso que quase lançou uma ponte entre eles. Giovanni estendeu a mão, disse palavras circunstanciais, mas a expressão do rosto era fria.

Nos meses seguintes não escondeu, nem de mim nem de Lia, um gelo ostensivo, tampouco fácil de afrontar para discutir, para derreter.

Nunca perguntou nada sobre ela e de resto nossas relações não previam tal confidência. A família não estava habituada a falar de emoções e sentimentos. Havia sempre um pudor, um embaraço e esta era a condição que, ao crescer, eu respirava. Tornei meu o hábito e o propus de novo.

Era Dina quem trocava com as crianças as palavras relativas às emoções.

Giovanni jamais me perguntou: Quem é esta mulher? Que lugar tem na sua vida? O que está fazendo nesta casa? Quais são suas intenções em relação a ela?

Mas pensava, e tenho certeza de que fazia perguntas a si mesmo.

As perguntas não feitas nutriam temores e desconfianças. E nisto Agnese o seguiu.

Hoje compreendo que Agnese, com muita habilidade, mas nenhum esforço, construiu com meu filho uma aliança que seria difícil romper.

Lia percebera tudo e sofria, gostaria de enfrentar Agnese e Giovanni, falar, explicar.

Gostaria de pronunciar as palavras que diziam respeito a ela e a mim e queria que eles falassem sobre o medo que tinham da estranha que ela era.

Eles tinham medo de que aquela mulher jovem, bem mais jovem do que eu, assumisse um lugar tão grande na minha vida que pudesse ameaçá-los.

Temiam que eu quisesse me casar com Lia. Eu, de fato, queria desposá-la.

Desejava-o e uma vez toquei no assunto com ela. Ela é que não quis.

Odeio despedidas e por isto desejei ajudar Lia do modo mais aparentemente casual.

Ela recebera uma proposta de trabalho nos Estados Unidos, na Filadélfia. Eu a convenci a aceitar. Creio que também sabia que eu queria afastá-la da maneira mais salutar para todos. Partiu em setembro. Lembro-me daquela manhã, da luz oblíqua daquela manhã.

À porta, ela estava rodeada por uma luminosidade sem excesso de cores.

Depois de sua partida, permiti-me um alívio em forma de mutismo ostensivo com Agnese e Giovanni. Odiava-os.

Giovanni, que me reservara uma frieza perfeita e irrepreensível, tornou-se de repente brincalhão e representava o papel de filho. Agnese, que nunca falava de Dina, agora a mencionava muitas vezes, e se não a mencionava dava um jeito de lembrá-la de outras maneiras.

Decidiu reorganizar os armários de roupa branca e, no banheiro, pôs todas as toalhas com o monograma de Dina. A mesa era preparada especialmente com as toalhas do enxoval de Dina. Os monogramas nos guardanapos deviam evidentemente estimular minhas recordações. Dirigindo-se a Clara, mas com voz alta para que eu pudesse ouvir, dava ordens para que certos objetos fossem transferidos.

— A senhora Dina gostava de ver aquele vaso naquela cômoda.

Ou então:

— A senhora Dina gostava de ver no divã as almofadas de seda, não estas de algodão.

Citava Dina com muito gosto, reinventando uma grande quantidade de coisas, até para a cozinha.

— Clara, por que não fazemos a pizza com os pimentões e as sardinhas? É tradicional em novembro, e a senhora Dina respeitava as tradições.

Eram tantas as citações e as recordações que às vezes acabava por duvidar da minha memória, como se ignorasse muitas coisas da minha mulher.

Mas, por dentro, sabia que não era assim. O jogo de Agnese e Giovanni era claríssimo, ingênuo e cruel, de uma lógica infantil e convincente.

Eu escutava, sem refutar. Assistia inerte àquele revisionismo histórico. Que me importava discutir?

Mas pensava comigo: as belas famílias! Hipocrisias, silêncios, palavras vazias.

Os irmãos se sondam, os pais se aliam para sustentar as ações do momento, o jogo se faz e se desfaz e a geometria muda, os ângulos se deslocam, as simetrias se alteram e se anulam para depois criar novas formas.

O passado se reconstrói, adulterado, se necessário, e se erige em pedra angular. Duro como um remorso, veio retocado pela metade e as pessoas se cansam recordando episódios, frases, circunstâncias.

Mas há sempre o encantador de serpentes da vez que está ali, vigilante, e recorda e repete e constrói, reconstrói tramas.

Se for o caso, contradiz-se ou se nega um mês depois. Caem todos nesta representação, uns mais, outros menos. Sob o mesmo horizonte surgem fatos mínimos ou grandes, uma pequena épica cotidiana na qualidade de umbigo do mundo.

Visto de fora é um teatro, mas o preço de olhar de fora é não ter mais um lugar, um papel.

Estranho e estrangeiro, você é tolerado, olhado de um modo um pouco frio e desconfiado, você tem um código que eles não compreendem, você traiu. Por presunção, por vaidade, por superficialidade. Você gostaria de convencê-los a se compenetrar das míseras coisas que regulam o murmúrio. Quem dá este direito a você? Eles não querem, talvez não possam.

Quanto se pagaria para não olhar de fora, mas acontece, e pronto. Como se faz para retroceder? Lia não podia. Era destinada, como Cassandra, à solidão de quem vê e esta visão não servia nem a ela nem aos outros.

O vocabulário se transforma. Apreende-se o passado duplo.

Pensei pela primeira vez em Agnese como uma hera mortal. Mas quando quis retirar-me devagar, já estava enredado.

Acreditava, queria acreditar, que era uma maneira perversa de me amar.

Minhas irmãs. Agnese e Delia não se falaram por quarenta anos.

Quando o escândalo rebentou eu não estava aqui. Creio que nas mesinhas do Bar Moderno havia abundante material de maledicência, mas depois as pessoas se cansaram, os anos passaram e daquilo que aconteceu nem se falou mais.

De resto, nem para mim Agnese deu qualquer explicação. Fechou-se de súbito num silêncio impenetrável, cada palavra lhe parecia inoportuna, fastidiosa, vulgar.

Também pouco sei do caso. O que aconteceu realmente, o que Emile lhe prometeu ou fez pressentir, se foi de fato um tolo ou se Agnese imaginou tudo para si própria — não sei dizer.

Creio que, de qualquer maneira, para ela se tornou difícil conviver com a curiosidade doentia das pessoas, a piedade irritante, certos olhares falsamente afetuosos.

Delia, depois de muitos anos de afastamento, voltou a vir aqui todos os anos, no verão, e desde que se aposentou passa aqui boa parte do ano.

É proprietária de uma ala da casa. Ela e Agnese já não se aborrecem e conseguem até mesmo se cruzar algumas vezes.

A divisão foi muito bem feita. A entrada de Agnese é feita pela rua Adriatica e a de Delia pela rua Orientale. No interior, bastou murar duas portas e ambas se tornaram independentes.

Gastou-se alguma coisa para organizar banheiros e cozinhas, mas papai pensara também nisso.

Recomendou, no testamento, que o dinheiro fosse usado para obras e já previu as possíveis soluções.

Não pensou no jardim. Aquela espécie de quadrilátero permaneceu indivisível e Agnese e Delia contrataram advogados.

A busca de uma solução dura há anos e não se chegou a nada.

Agnese sabe que não é fácil levar vantagem sobre Delia, mas não pretende ceder. Se não por outra coisa, diz, será a única pessoa que resistiu a ela em toda sua vida.

A história do jardim é simples: dividi-lo em partes iguais é impossível, porque no centro se encontra o reservatório com a fonte. Seria necessário derrubá-la e Agnese não permite. Ao mesmo tempo, Delia se recusa a ceder-lhe a porção mais ampla.

Quando Agnese se decidiu a renunciar, ou fechar a fonte, Delia fez saber que, de qualquer maneira, teria eliminado a fonte porque, descentralizada, não tinha mais sentido e além disso, não lhe parecia mais bela nem útil.

— Além do mais — disse Delia —, se enche sempre de folhas de almíscar, tem de ser limpada todos os anos. Dá mais trabalho do que qualquer outra coisa.

Naquele ponto, Agnese se obstinou.

Se a irmã tinha projetos de demolição, deveria impedi-la, a custo de não ver o processo acabar.

Às vezes o advogado lhe dizia:

— Mas, senhorita Agnese, apesar de tudo o jardim é bonito sem a fonte. Por que não tenta avaliar esta solução?

— Não. Na fonte não se toca — era a resposta. E a conversa acabava aqui.

Entre Agnese e Delia havia três anos de diferença, mas poderia ser três vezes mais.

Não apenas por ser maior e, por isso, como sempre, mais responsável e responsabilizada por definição, Agnese se tornou biologicamente muito mais velha do que Delia, por qualquer misterioso processo químico.

Seu corpo, o rosto, os movimentos, hábitos, tudo nela antecipou a idade que não tinha.

Na certidão, tinha vinte anos, mas sua vida se organizara em ritmos, escolhas, gostos, deveres, relações próprias de uma senhora. E assim por diante.

Quando era mesmo jovem se sentia até lisonjeada com esta antecipação dos tempos.

Parecia-lhe uma vantagem a mais. Depois, com os anos, começou a sentir desvantagem.

Perguntavam-me quantos anos eu tinha de diferença de Delia e, quando eu dizia, compreendia que se maravilhavam, teriam dito mais, muito mais.

Não podíamos ser mais diferentes. A vida, os anos, só fizeram aumentar a diversidade.

Sabem as duas que a questão do jardim canalizou um rancor velho, uma hostilidade que não encontrara outra maneira de eclodir.

Às vezes me pergunto se entre Agnese e Delia as coisas poderiam acontecer de modo diferente, mas não tenho respostas. Nas aparências, sempre fingimos normalidade.

Não sei dizer se Delia e Agnese se pagaram um preço por aquela representação, nem de qual valor.

Delia foi viver longe, quase não retornava, depois passou a vir de vez em quando. Nenhuma das duas conseguia com habilidade conhecer os programas da outra.

O movimento, em conseqüência, regulava-se, para que não se encontrassem ou para reduzir o risco ao mínimo.

As pessoas pensam que Agnese e Delia estão em litígio por questões financeiras, porque não se põem de acordo com a divisão do jardim. Quem conhece os antecedentes? E também para que dizê-lo? Passam por duas histéricas, ávidas e interesseiras, no limite da mesquinhez.

Tudo isto faz suspirar muitas pessoas que se recordam com nostalgia de meu pai e sua generosidade, seu distanciamento de qualquer forma de interesse econômico, e fazem comparações inevitáveis.

Poderiam dizer: "Mas como saíram interesseiras as filhas do doutor Cosimo! Tão diferentes dele!"

Papai curava de graça quase todos os seus doentes. É certo que podia se permitir, tinha as costas largas, mas existem abastados que não dedicam aos outros tempo e favores.

Na cidade, ainda se fala dele como de um homem justo que sempre ajudou a todos. Circulam também lendas um pouco românticas sobre a ajuda que teria dado a certas internadas que entre 1942 e o fim de 1943 estiveram confinadas na vila.

Creio mesmo que eram lendas. Recordo vagamente que a vila fora requisitada pelos alemães e que havia muitas mulheres estrangeiras. Papai, sendo médico, visitava-as com freqüência. Depois a vila foi esvaziada e todas as reclusas mandadas para outro lugar. Mas papai não quis continuar vivendo ali. Preferiu ficar no prédio da rua Orientale.

A vila foi reformada para o meu casamento, para que Dina e eu vivêssemos ali.

Mas estava escrito que eu ia continuar solitário. Na realidade, ficamos ali apenas por breves períodos, depois estavelmente Dina, e agora eu sozinho, desde que Dina morreu.

Há alguns anos estive por duas semanas em Ischia. Aguardava-me um milagre de floração e creio que fiquei mais encantado pelas plantas do que pelo mar.

Num canto da ilha, sempre batido pelo vento, cresce o alecrim selvagem. O perfume é para ser saboreado com os olhos fechados, mas a coisa mais estranha e bela é ver como cresce aquela erva. Para resistir ao vento se agarra à rocha e cresce por cima dela, como a grama. É tamanha a vontade de sobreviver que renuncia ao destino que lhe seria próprio, o de crescer para cima, de se tornar moita, de despontar.

Pois olhando para aquele alecrim pensei em Agnese, nas escolhas feitas por ela.

Com Delia devia fazer as contas como o alecrim da ilha com o vento. E cresceu segurando-se embaixo, enleada à terra.

Pensando bem, Emile era um tipo mais adequado a Delia do que a Agnese.

Pelo pouco que sei, não houve nem cenas nem dramas.

Agnese não quis escutar nem as explicações de Emile nem as de Delia.

Já que ninguém mais falou do assunto, nem naquele momento nem nos anos vindouros, todos acabaram por se esquecer.

Agnese não. Não se esqueceu. Sinto-o.

Os cuidados com o jardim ocupavam inteiramente seus dias.

Este ano está particularmente viçoso, o inverno foi brando, a primavera eqüitativa em matéria de sol e chuva, cada árvore, cada moita, cada canteiro deu o melhor de si.

Agnese se orgulhou daquele verde, em particular do canto no qual crescem as ervas aromáticas. É o canto dos *sentidos*, como o chamávamos.

Seus gestos controlam e cuidam de um universo restrito, mas é o seu universo e ela é a única guardiã dele.

Apoderar-se daquilo que era dos outros era uma constante em Delia. Desde criança roubava os brinquedos: isto é meu, isto é meu. Contava as fitas de cabelo e seu interesse se manifestava pelos cremes e os lápis para olhos e o pó-de-arroz de Agnese.

Nunca admitia o roubo. Se às vezes admitia, acrescentava algo que provocava a revolta de Agnese:

— Você nem usa mais...

Não prestava atenção aos vestidos, não eram quase nunca de seu gosto.

Talvez por causa daquele vício, talvez porque fosse o destino, Delia quis Emile. E conseguiu tê-lo.

Agnese e Delia jogam, com o jardim, uma partida antiga. Mas sabê-lo não basta para que o espetáculo termine.

Até a história dos gatos se tornou motivo de protestos escritos, de cartas, por parte do advogado de Agnese.

Delia se defende dizendo que não chamou os gatos. Vieram sozinhos. Sempre, nas redondezas, houve gatos vadios e alguém se ocupa deles.

Os gatos não a incomodam. Limita-se a alimentá-los, num canto afastado do jardim, cuidando para que não o sujem.

Agnese, na última carta que mandou o advogado escrever, sustenta que não pode dormir à noite porque os gatos brigam, miam, fazem barulho correndo por entre as árvores e as moitas.

Delia garante que, a não ser nos períodos de cio, não se ouve ruído de gatos. Como pode Agnese afirmar com certeza que os gatos lhe perturbam o sono?

Os gatos, além disso, são gatos. Não se pode impedi-los de miar ou de rolar na relva.

Um dia ouviu-a gritar que ia envená-los. Não acredito que fosse capaz, mas nunca se sabe. Registrou uma queixa nos carabineiros por ameaça, e assim Agnese deverá ficar atenta, pensará duas vezes antes de tomar qualquer atitude.

Agnese se pergunta por que Delia retornou, por que não vai para outro lugar no verão.

Emile deixou-a depois de aproximadamente um ano. Desde então, creio que Delia trocou de muitos homens, mas não conheci nenhum deles. De resto, retirou-se, para o mais longe possível.

Se não fosse pela morte de Dina não teria tampouco retornado.

Este é o lugar dos retornos, um ninho que é também uma prisão. Mas numa certa altura da vida talvez possa curar.

Minha irmã Agnese sempre se sentiu segura de duas, três coisas, mas com aquelas certezas interpretou o mundo.

Seu catolicismo não admite o cinza.

Ou branco ou preto. Quem está dentro está dentro, quem está fora está fora: dos dez mandamentos, da observância dos preceitos, de tudo aquilo que tem odor de autoridade. Suas contas comigo nunca fecharam. Eu também era a desordem, a erva nascida sem aviso prévio num canteiro composto.

Agnese sempre suportou mal a mistura de cores até entre as begônias que bordejam as pequenas alamedas do jardim, imagine-se nas escolhas da vida.

E eu era a nota dissonante no quadro familiar, na história dos Herrera de que ela sempre se vangloriava de conhecer em minúcias. Sabia, na realidade, aquilo que certos livros velhos e pesquisas heráldicas mandadas fazer por ela diziam presunçosamente.

Herrera, portanto uma descendência hispânica.

E esta minha índole normanda? De que mistura provinham meus olhos claros, e aqueles do avô e de certos tios? Este é um país que viu tantas pessoas. Vá compreender quantos e quais cruzamentos ocorreram!

Ainda assim, ela tinha certeza de uma pureza antiga que se acreditava misturada no tempo sempre e apenas com famílias análogas de ascendência espanhola.

Agnese, quando adoeci, teve a sua revanche.

Se não fosse ela indiscutivelmente não sei como teria superado a doença, e ela se aproveitou.

Teve a certeza de que o sofrimento me redimiria e que ela era o instrumento para que se cumprisse a redenção.

O pensamento em Lia me vem à memória de vez em quando. Tenho notícias dela, está bem.

Vive na Filadélfia. Escreve-me longas cartas e creio que decidiu permanecer lá para sempre.

Digo-lhe apenas o suficiente para impedir a nostalgia. Não desejo que retorne. Espero que a vida a tenha puxado pelos cabelos.

Vivo agora na completa castidade.

Agnese continua sua obra de redenção. Acredita ter arrancado minha alma do inferno e o meu corpo de uma Circe. Deixo-a fazer.

As pessoas me tratam com uma afetividade especial. Alguém poderá pensar que fui usado por uma mulher cínica e prudente, que, diante de minha velhice e da impossibilidade de se fazer desposar, pensou bem em fugir para longe, causando o meu enfarto.

Não me interessa explicar que as coisas, na verdade, correram da maneira oposta. Eu é que deixei Lia, não ela a mim.

Quando adoeci, Agnese se transferiu para minha casa e permaneceu por dois meses.

Sempre que podia escapava para seu jardim, que continuava a vigiar. Era inverno e a terra dormia, mas aquele universo ela controlava cotidianamente e, ainda que em estado de letargia, necessitava de qualquer maneira de sua vigilância.

Voltava para mim com rapidez, trazendo para o quarto uma fragrância de neve e frio.

Reconheço que sua presença foi indispensável.

Administrava a quantidade inumerável de medicamentos com a habilidade de um farmacêutico às voltas com preparados medicinais.

Dosava, esmiuçava, misturava. Tinha uma tabela de horários que nem um ferroviário teria respeitado com tanta precisão. Cheguei a pensar que poderia me envenenar, se desejasse, pois se tornara especialista em plantas medicinais, está escrevendo um livro, há cerca de um ano.

Ter afastado Lia da minha vida a tornou mais forte.

Um dia me disse, com ar compungido, que devia ficar tranqüilo, ter confiança, tudo estava em ordem, sob controle, ficaria curado, e bem.

Pensei que de fato pôs tudo no lugar certo, como um relojoeiro. Qualquer peça minúscula fora da engrenagem ela teria remontado, e a máquina dos nossos dias teria funcionado como ela desejava.

Governaria minha vida como governava seu jardim.

Ocupar-se do jardim se tornara para ela uma atividade dominante, obsessiva, demencial.

Para Agnese também sou um traidor porque vivi durante muito tempo longe deste lugar, porque não cultivo os cerimoniais e os ritos que ela mantém intactos e que são, pelo próprio fato de repeti-los, a prova de que nossa família tem uma história.

Como o alecrim da ilha, tendo renunciado a despontar, agarra-se sempre mais abaixo, a uma terra que a sustenta e a justifica em sua existência, dá um sentido aos seus dias.

As raízes do alecrim são compridas, penetram fundo e se ramificam no sentido vertical e no horizontal. Acabam por ser uma espécie de copa subterrânea muito mais compacta e vasta do que o mísero verde da superfície.

Agnese é assim. Subterrânea, complicada.

Notei que nos últimos tempos está pondo em ordem velhos papéis da família, como se o presente não a interessasse mais.

Na verdade, este presente nem a mim interessa, só que não extraio o sentido da minha vida de fotos desbotadas de época ou de velhos recortes de jornais.

Agnese descobre nisto tudo uma de suas tarefas mais importantes, como se fosse predestinada. Meu desinteresse a faz olhar-me com uma censura muda.

Não se esquece, de vez em quando, com uma frase, de sublinhar que se não fosse por ela a história de nossa família estaria despedaçada.

Alguns dias atrás, passando por sua casa, vi que estava colocando um artigo num álbum.

Estava escrito na capa do álbum, numa bela caligrafia, *Nuptialia*. Veio-me um sorriso espontâneo. Agnese virgem, que nunca fora esposa, estava arrumando um álbum monotemático no qual reconstruía todos os casamentos dos Herrera e afins, remontando quem sabe a que antepassado.

O caso particular do dia 28 de setembro de 1896 era a data do casamento dos avós, em casa, como se costumava fazer.

Havia colado o artigo de um velhíssimo periódico com a crônica detalhada do evento. Os novos cônjuges eram descritos como "muito jovens e ambos belos, uma ornada com uma beleza incomum, juntamente com uma cultura superior e um caráter doce e afável; o outro ornado com todas as qualidades que fazem uma pessoa ser estimada e admirada". Falava-se de "um harmonioso concerto de corações que batiam num único voto de felicidade", e os esposos eram descritos também como "radiantes em sua juventude".

Foram declamadas duas "poesias de escol" e o bisavô, general Fazi, abriu a dança com uma "esplêndida quadrilha", acompanhada ao piano pelo professor Sergiani, que tocara "incansavelmente" toda a noite.

Imagino que Agnese possa arrumar qualquer coisa relacionada com o casamento de mamãe e papai. Ano: 1926.

Daquele ano seguramente restam poucos documentos, um dos quais acredito que vi em algum lugar de minha casa.

E o que mais? Só o céu pode saber.

Sou traidor também porque, negligente em relação à propriedade, segundo diz ela, concordei com a venda das terras.

Tenho a responsabilidade de ser geólogo e ainda por cima trabalhar em lugares longínquos, incômodos, entre os "indígenas", como ela chama indiferentemente os habitantes de qualquer país africano ou andino.

Para ela se tratava de mundos inconcebíveis.

Por que decidi levar uma vida nômade? Por que não fiquei cuidando da propriedade? Manter a terra, administrá-la, aquela deveria ser a minha escolha de vida. Creio que, no seu modo de conceber o mundo, havia lugar para certas transformações, mas apenas as indispensáveis.

No campo não se saberia mais andar em caleça, mas de carro. Ela própria tirou há muitos anos carteira de motorista e guia, ou melhor, guiava, porque agora se movimenta sempre menos da casa ao jardim.

Quem poderia desempenhar o papel de proprietário de terras senão eu, o varão da família?

Deu-se o contrário. A ambição de papai de me fazer estudar geologia condenou a propriedade ao seu fim.

— Você podia estudar pelo menos agronomia.

A terra, naquele caso, teria me mantido.

O outro ressentimento surdo dela era estar destinada a crescer e a se casar. Depois do liceu não a fizeram estudar. Era mulher, não tinha necessidade de estudar, desposaria alguém de ótima família e tudo ficaria em seu lugar.

E no entanto não foi assim que aconteceu.

Agnese se irritava com o mundo e com a história, e não ia mais para os lados das Fontes Brancas. Era dali, daquelas fileiras de álamos que costeavam o riacho, que começavam os hectares do nosso campo.

Hoje ali estão os armazéns, duas fábricas, uma tipografia. A paisagem se alterou e, para Agnese, aquela estranheza, para ser suportada, devia ser apagada de sua visão.

Agnese não se dá conta de como as coisas mudaram e, sob uma aparente quietude, alimenta um rancor surdo pelo mundo e creio que, quando morrer, o fará voltando as costas a todos, finalmente livre para mostrar os sentimentos com os quais sempre viveu.

Este tempo lhe é estranho e eu a compreendo. Também me sinto fora do lugar, mas não tenho raiva. Viver, vivi.

Ela teimou em extrair o significado da sua existência das coisas que já aconteceram, como o *Nuptialia*, e acabou por se esquecer de si própria, entre árvores genealógicas e histórias de trisavôs.

Agnese vive, a não ser por detalhes absolutamente inconsistentes, como se estivesse em 1960, ou pouco mais.

Não andou além disso.

Não refuta a modernidade, no sentido das coisas que lhe trazem ajuda, que a servem, para cultivar suas obsessões.

Colocou no jardim sistemas de irrigação automática com precisão de segundos, entende de química porque a adubação das plantas o exige, tornou-se especialista também em novas tecnologias biológicas que lhe permitem destruir os pulgões que atacam as rosas sem derramar veneno.

Lê, informa-se, experimenta, e aquele jardim se tornou uma espécie de palácio de Atlas.

De uma virgem insatisfeita com o mundo nasceu um lugar que é a exaltação dos sentidos.

Entrar no jardim de Agnese significa adentrar os odores, sensações da vista e da pele. Tudo aquilo que negou a si própria, ao seu corpo, irradiou-se para fora, com as plantas. Tudo aquilo que a vida lhe negou como mulher ou que ela se negou, transformou-se neste lugar.

Às vezes me ocorre observá-la, enquanto ela não percebe. Acontece em certos momentos em que a vejo absorta. Por exemplo, enquanto poda uma moita de rosas e se imobiliza, com a tesoura na mão, num gesto incompleto. Ou então, quando está folheando um jornal e pára, coloca-o sobre o joelho e fixa um ponto diante de si.

Nestes momentos me pergunto no que está pensando e imagino que deve estar pensando em algo. Mas sempre manteve o segredo de sua pessoa, de seus pensamentos.

Dois meses atrás fui encontrá-la, sentada na varanda, com uma revista que folheava sem muita convicção.

Disse-lhe que Alvaro morrera. Pareceu-me que tivera um sobressalto, mas só por uma fração de segundo. Naquele momento a luz se filtrava entre os ramos e a emperlava de ouro.

E ela, depois de ter-me fitado com um olhar vazio, voltou a cabeça em direção aos ramos das árvores e, sempre com um olhar distante, disse:

— Pobre Alvaro. Quem sabe o que acontecerá com sua loja!

E sua voz era pacata e distante, como o atalho de moitas que florescia no canteiro diante dela.

Foi uma revelação: Agnese era bela. "Meu Deus", pensei, "como é bela." Nunca me dera conta. Numa fração de segundo, esta epifania gerou em mim pensamentos circulares, como anéis de uma corrente.

Pensei que Alvaro vira Agnese aqui, e compreendi pela primeira vez sua fidelidade àquele nada que minha irmã lhe havia correspondido. Fora fiel a uma visão.

Emile teria visto também?

Agnese estava muito absorta para perceber as ondas dos meus pensamentos.

Depois de um minuto, me perguntou:

— O que foi?

— Nada, nada — respondi.

O jardim é sua companhia ideal. Com as plantas não se sente sozinha e a presença delas é sempre discreta.

Agrada-lhe rodear as pequenas alamedas e respirar o odor de terra, de verde musgoso, o odor sutil de decomposição vegetal que se percebe sobretudo perto da fonte.

Especialmente no verão, no fim da tarde, num momento em que o ar fica parado, as folhas se imobilizam e todas as coisas parecem fixas na moviola.

Diviso-a, alheia, a fixar um zangão verde e dourado que adere a um ramo como um camafeu, ou uma lagartixa que se entoca, ou uma flor de bananeira que cai sobre a terra.

Depois se ergue uma aragem, leve e fresca, do mar, e aquele encanto inquietante e belo se rompe.

Ironizei aquele seu amor pelas plantas.

Um dia, disse-lhe que estava representando o papel de Deborah Kerr no filme O *jardim indiano*.

Nem sei dizer que tipo de jardim é aquele de Agnese. Não nasceu de um projeto preciso, surgiu por disposições e implantes sucessivos. Papai experimentava novas sebes ou alguma árvore insólita e depois esperava para ver se vingava.

É um jardim que pode atravessar os invernos de maneira quase indolor.

A vizinhança do mar, o ar salobro, os invernos caprichosamente frios de vez em quando, não garantem encontrar vivas, na primavera, as mesmas plantas.

Há as figueiras e as tamargas, as palmeiras, as laranjeiras e os limoeiros.

De realmente exótico há somente a bananeira. É a predileta de Agnese, motivo pelo qual ironizei-a trazendo à tona Deborah Kerr e O *jardim indiano*.

Há alguns anos a bananeira começou a florir e a sua floração é excêntrica. Abre-se sob brácteas de um violeta escuríssimo, quase preto, e se compõe de cálices semelhantes a uma dedaleira.

O perfume é suculento e doce, e se exala ao pôr-do-sol, com a chegada das sombras.

Nasceram espontaneamente, um pouco aqui, um pouco ali, a saxífraga (arrebenta-pedra) e a avenca.

Sabia-se já que ia acontecer o eclipse. Os jornais e a televisão falavam dele há semanas.

Ao chegar o dia fatídico, Agnese pediu-me para ir ter com ela.

Estávamos na cozinha, eu folheava o jornal, aparentemente distraído, mas na realidade com o rabo do olho percebia a agitação muda da minha irmã, sentia o odor da sua tensão. Provocava-me ternura.

A luz começou a gelar, a palidez se tornou um extravagante clarão frio, o verde do jardim escureceu e compreendi que o silêncio que subia dali lhe dava mais medo do sol que se afastava. Então comecei a falar, a dizer qualquer coisa, para preencher aqueles momentos, mas ela não queria se render nem à inquietude nem à passividade. Queria competir com a natureza e superá-la.

Com rapidez e ansiedade fechou as persianas, tapou as vidraças, puxou o toldo e lacrou os respiradouros. Estava se barricando, com o coração na boca.

Acendeu todas as luzes, sentou-se no divã da sala e parecia uma astronauta, suspensa, naquela noite fingida que criara em torno de si.

Percebi que da porta-persiana que se debruça sobre a varandinha filtrava-se ainda alguma luz externa. Levantei-me para fechar tudo com cuidado e vi Delia.

Mas a vi de frente, com o braço levantado, tentando escurecer sua porta-janela com uma tela azul que escorregava da mão. Tentava, com a ajuda de um martelo, fazer uma tenda improvisada.

O ar enquanto isso se fazia mais fresco e a luz enfraquecia, cada vez menos dourada, um pouco lívida. Chamei Agnese e ela também olhou.

Encontraram-se as duas com os olhos que não se abaixaram.

Por um longo período se fitaram, depois Delia fez um sinal com a mão em direção a nós e disse alguma coisa. Não compreendi e então Agnese saiu da varanda e atravessou o canteiro das begônias. O verde era intenso, escuro, a luz sempre mais escassa. Delia andava ao encontro de Agnese e então percebi aquilo que dizia:

— Tenho medo.

Agnese respondeu:

— Vem comigo.

Tomou-a pelo braço e enquanto entravam em casa acrescentou:

— Eu também estava fechando tudo.

Depois se sentaram na cozinha. A televisão estava ligada e Delia lhe dava as costas. Eu, ao contrário, tinha a tela de frente e podia seguir e dominar o eclipse.

Delia se acalmara, mas perguntava, queixosa:

— Quando acaba?

Num certo momento, Agnese chamou-a:

— Delia, acabou.

E o eclipse, o tímido eclipse de fim de século, trombeteado e desigual em relação aos que, em viagens pelo mundo, presenciei, de qualquer maneira quase nada em comparação com o de 1961, passou.

A palavra de Agnese, "acabou", me pareceu o mais simples e claro rótulo para tudo o que até então se interpusera entre nós, em nossas vidas, nossos rancores, nossas acusações mudas, as mudas recriminações, o mudo amor, nossas solidões, nossas recordações, nossos fantasmas, medos e expectativas.

Não sei se aquele escurecimento do sol foi de fato um pequeno milagre, mas a nova luz que tornou a reaparecer nos encontrou, assim, numa espécie da quietude e paz.

Desde então observo minhas irmãs. Creio que serão capazes de se fazer companhia. Olho-as e fico pensando em outro filme, *As baleias de agosto*.

Minha presença, digo-me, talvez não seja tão necessária, agora. Ontem passei na agência de viagens da avenida e pedi informações sobre os vôos para a Filadélfia.

Agnese

É bem verdade que às vezes as situações mais difíceis, aquelas que parecem apenas problemas, como as doenças, acabam por adquirir sentido.

Agora Ignazio está bem, bem mesmo, mas, quando adoeceu, pensei que ia morrer. Curei-o, cuidei dele e ele se recobrou.

Acho hoje que aquela doença teve mesmo sentido. Recuperou o juízo. Não podia continuar o caso com aquela mulher tão estranha. E depois, meu Deus, era necessário que um dia meu irmão se conscientizasse de que os anos passam para todos.

Nossa família já teve um escândalo, muitos, muitos anos atrás.

Empreguei o resto da minha existência a apagá-lo. Não ia permitir que um segundo escândalo despertasse o primeiro.

Compreendi bem que Ignazio se enrabichara por ela e fantasiava uma outra vida, como se pudesse ser sempre jovem, sempre na crista da onda.

Eu me dizia: viajou, teve mulher, teve um filho, agora chega, fique quieto, tranqüilo.

Voltou para suas coisas, sua casa. Esta não é uma cidade sonolenta, há cultura em cada pedra, em cada palácio, é uma história milenar. É uma cidade inteira que fala. Tudo considerado, não retornou à melancolia.

Mas afinal o que deu nele?

Corria de carro como um louco. Não agia assim nem quando tinha trinta anos. Estava sempre distraído, absorto, imerso em algum pensamento, não seguia minhas palavras quando eu falava com ele. Pensava sempre nela. Produzira nele logo este efeito. Um feitiço.

Diziam-me:

— Dom Ignazio anda confuso, como num filme.

E eu sentia, zangada, uma muda cólera contra aquela mulher que trouxe para nossa casa uma espécie de doença.

Não precisávamos. Bastavam as nossas doenças.

Nunca disse a ele que desaprovava seu gesto, mas ele compreendeu. De resto, eu não podia tampouco mentir. Via as coisas ordenadas, finalmente em paz e, no entanto, ela chegou para desorganizar tudo.

Já não era uma mocinha. Nem sei quantos anos tinha. Seguramente mais de quarenta. Muito jovem, no entanto, para ele. Seria ridículo, porque ele acabaria por desejar se casar com ela.

Antipatizei com ela desde o primeiro momento.

Esperei que fosse embora, não esperei outra coisa.

Aconteceu no fim de setembro, três anos atrás.

Ignazio veio a mim para me entregar os recibos de certos pagamentos. Disse-me:

— Lia torna a partir. Volta para os Estados Unidos.

— Como assim?

— A trabalho. Chamaram-na na Filadélfia. Em suma, acabou o trabalho aqui.

Enquanto me falava notei que me observava de viés, espiava minhas reações. Não demonstrei nenhuma reação, disposta a controlar qualquer movimento de surpresa e entusiasmo. Respondi apenas:

— Pois bem, pois bem.

E tudo acabou aqui.

Três dias depois encontrei Lia caminhando na avenida. Eu retornava para casa depois de certas saídas a negócio. Ela tornava a subir a rua Roma, em direção à vila.

Aproximou-se de mim, acelerando o passo. Eu fingira não vê-la, mas fora inútil. Ela queria me alcançar, chamou-me:

— Agnese, olá! Já que nos encontramos, cumprimento você. Parto dentro de duas semanas.

— Fiquei sabendo. Você vai para a Filadélfia.

— Você ficará contente, não é verdade?

— E por que não? De qualquer maneira, creio que é certo. Por ele, por todos.

— Será. Ele sempre sabe o que é certo e o que não é. Para ele, para os outros.

— Lia — respondi —, por favor, não me atribua poderes e intenções que não tenho.

Mas decidira evidentemente prosseguir seu discurso:

— O que em mim a perturbou tanto? Por que sempre me tratou com hostilidade?

— Por prazer — respondi. — Não me faça interrogatórios, não tenho nada a ver com sua escolha. É uma coisa que só diz respeito a você. Não tenho nada com isso.

— Você tem, e como. Sempre esteve entre mim e Ignazio. Agora deseja um papel de primeiro plano, não é verdade? Um solo. Você não tolera ter passado a vida tocando oboé apenas durante quatro compassos num concerto de duas horas. Por uma vez, quer ser o primeiro-violino.

— Ouça, me deixe fora destas decisões que são apenas suas. E não me atribua interpretações de meia-tigela.

— E queria ficar limpa? Conta mentiras a si própria, refuga as verdades incômodas, não fez outra coisa, provavelmente, por toda a vida. Mas por que não tomou os seus trens, em vez de ficar olhando de uma sala de espera, ainda que de primeira classe?

Cortei aquela discussão irritante, inesperada, na rua. Pensei que aquela mulher pôs para fora uma carranca que não imaginava, mas também por isso achei-a mais odienta.

— Não me faça ficar com raiva, vá fazer psicologia com quem ama e procura seus discursos, comigo é tempo perdido. — E a deixei ali.

Partiu duas semanas depois.

Falei com padre Mario da presença de Lia na vida de Ignazio, mas as posições dele eram sempre frouxas. Falava de respeito, respeito pela vida dos outros. Mas a quem eu faltava com o respeito? Que coisa devia dizer então de mim? Daquilo que a vida me reservou?

De minha irmã Delia que seduziu o único homem que amei, de Ignazio às voltas com uma profissão brilhante, que o faz viver mais no exterior do que na Itália, e de mamãe, que sobreviveu a todas as cunhadas, a todos os parentes dos parentes, a toda sua geração, e que morreu aos 92 anos. Há três anos.

E quem podia permanecer aqui com a mãe centenária que, antes de se tornar centenária, era uma velhinha birrenta de 70, 80, 90 e sempre mais anos? Quem podia permanecer? Eu, naturalmente, eu, Agnese.

Este meu nome tão pacato, tão doce! Agnese desliza, não tem arestas, não tem dureza.

Senhorita Agnese aqui, senhorita Agnese acolá. Todos me conhecem na cidade. Quem não conhece os Herrera?

Meu nome sempre foi todo um programa, Agnese, com seu étimo que significa pureza e castidade. Teria com prazer renunciado a honrar o étimo de meu nome, mas, visto que a parte da vida que me fora destinada era aquela, melhor interpretá-la da melhor maneira. Portanto: toda casa, jardim e igreja.

E eu deveria me reencontrar com Ignazio de novo ou, se ficasse aqui, com uma espécie de cunhada que teria mais ou menos a idade de meu sobrinho Giovanni?

Não, senhores, não teria tolerado nunca uma coisa do gênero.

Ignazio de quando em quando me olha, não ousa pedir-me nada. Talvez me odeie um pouco, não importa. Posso lidar também com os sentimentos mais duros, mas o que não posso mais manejar é a solidão. A lógica e o bom senso poderiam dizer que não é justo obrigar alguém a fazer-me companhia. Bem, louve-se a falta de lógica, invoque-se o sentido errado e perverso.

Durante uma vida fui o emblema da condescendência, da passividade, da aquiescência. Agora chega. Cansei.

Muito cômodo, meus amigos, muito cômodo. Eu, Agnese, a porta do templo, eu a tradição, eu a vestal, eu a continuidade, eu a torre firme que não desaba.

Certamente se pode sempre retornar, as pessoas podem se permitir a doçura dos retornos se há alguém que permanece. Representar o papel de Ulisses é bonito se existe uma Penélope em algum lugar. Representar Nausica ou Circe é bonito se em algum lugar há uma Penélope à espera, em casa, na quieta domesticidade.

Acaba por agradar também a Penélope o papel de Penélope, ser identificada com o lugar dos regressos, com o lugar onde as pessoas se recolhem, para se curar, para se consolar.

Também Delia retornou. Levou muitos anos, mas retornou.

Eu tinha certeza do contrário, mas os fatos demonstraram que eu estava errada. Na primeira vez retornou no inverno. Em suma — disse para mim mesma —, era uma vida que não se desenrolava aqui, tornaria a partir depois de uma, duas semanas no máximo. Ao contrário, a cidade prendeu-a de novo.

No frio terrível daquele janeiro, que parecia uma geleira do norte, sobreviviam duas rosas vermelhas entre os ramos hirsutos de espinhos, sem folhas. Abertas, aquelas corolas, de um vermelho vivo, manchavam o jardim que parecia extinto, com os verdes das plantas vagamente lactescentes e acinzentados.

É estranho que daquele inverno eu recorde apenas o vermelho das duas pequenas rosas. Lembro-me bem delas, como emblema de nós duas, que podiam ser vermelhas como as duas rosas, mas foram emboscadas pelo gelo.

A primavera ainda estava longe, mas o jardim despertava, timidamente. Certos botões, quase invisíveis, abriam caminho nos troncos nus das árvores, e as moitas também apontavam para o verde. Era tudo tão silencioso e ao mesmo tempo em movimento que Delia, talvez, teve vontade de assistir àquele despertar. Desde então se passaram anos e ela continua aqui. Parece-me que nunca mais se afastou.

Olho sempre para suas janelas. Ficam iluminadas às vezes até a chegada da manhã. Dorme pouco.

A lua se movimenta e cruza as suas e as minhas noites insones e me pergunto se também ela, quando não dorme, recorda.

Perseguiu uma estranha idéia de liberdade, um percurso circular que ao fim a trouxe de volta ao ponto de partida. Cedo ou tarde todos retornam. Retornam juntamente com suas solidões e seus fracassos, mas viveram. E me deixaram aqui. Deveria tolerar um novo engano ou novas partidas?

Não, meus caros, disse a mim mesma. Ficarei aqui. Estou finalmente velha, tenho a idade que sempre demonstrei e esperei.

Agora não permitirei a ninguém, a ninguém mesmo, jogar-me de novo na angústia, na confusão, na desordem.

Ordem, ordem! Há necessidade de ordem.

Emile chegou em nossa vida e na nossa cidade no verão de 1955. Vinha de Tânger. O que chamava a atenção nele era a magreza e também aquela sua procedência longínqua. Aquele seu italiano falado com sotaque francês o tornava muito interessante.

Era a primeira vez que hospedávamos em casa um homem tão jovem, tão afastado de nosso mundo. Papai morrera há alguns anos e mamãe já começara a viver como uma criança, resmungona e inerme, e por isso eu e Delia nos tornáramos inevitavelmente suas mães.

Quando Ignazio nos propôs hospedar aquele seu amigo ficamos curiosas, mas também um pouco desorientadas. Nunca acontecera ter em casa, por um mês inteiro, uma pessoa estranha.

Emile subverteu a ordem dos nossos dias, adequou-se aos nossos hábitos e criou outros.

Pensando com lucidez, mais tarde, é evidente que ele era mais adequado a Delia do que a mim, mas não sei como aconteceu. Mesmo com distanciamento no tempo não consigo refazer as coisas na ordem correta. Eu não era de fato atraente como Delia. Ela é apenas três anos mais jovem do que eu, mas um abismo nos separava.

Mamãe ficou contente com a novidade. Emile era imprevisível, alegre, era um dançarino nato e aquele verão foi todo música e baile.

Uniu-se ao nosso grupo de amigos. O caminho da costa era um pulular de salões de baile. Percorríamos todos: uma noite um, uma noite outro.

O que mais me agradava se chamava *Os abrigos de Jó*.

Era perpendicular ao mar e se chegava ali por uma estradinha aterrada e branca, entre oliveiras e parreiras.

A música vinha até nós desde a estrada federal, antes que chegássemos à estradinha aterrada. E enquanto avançávamos no escuro, rompido apenas pelas luzes dos faróis, fazia-se mais próxima e mais clara.

As noites eram límpidas e o céu enorme. Creio que nunca estive em paz comigo mesma como naquela ocasião.

Emile conhecia as estrelas e uma noite começou a olhar para o alto e, apontando com um dedo, explicava o que acontecia no céu.

Ficávamos todos com os olhos voltados para cima, absortos. Alternavam-se momentos de silêncio entre duas ou três perguntas que se sobrepunham: "Onde? À esquerda, onde? E aquela outra, ali, mais em cima, como se chama?"

Esta sua exibição me aborrecia. Era desejo de brilhar e, talvez, alardeava um saber que não tinha.

Perguntaram-me:

— Por que você também não olha?

Talvez por ser a única a não olhar para cima, talvez por ostentar um desinteresse excessivo, alguns dias mais tarde Emile me disse:

— Esta noite mostrarei a você as constelações de agosto.

Uma tarde me falou da Dancalia. O nome era belo em si. Era uma região deserta, disse-me, vasta, de onde vinham os carregamentos de sal para Macallè. De noite, na Dancalia, o céu fica cheio de estrelas tão baixas que parece que se pode apanhá-las como uvas da parreira.

Deu-me de presente um xale tecido pelas mulheres etíopes que trouxera consigo daqueles lugares. As cores marfim e couro se fundiam esvaindo-se uma na outra, em largas faixas.

Ele dançava bem, sobretudo o beguine antilhano. Era um mestre perfeito. Certas ocasiões, em casa, depois do meio-dia, fazia bailar até mamãe, e ela, dengosa, ria e fingia recusar, mas agradava-lhe aquele rapaz francês, um pouco mulherengo e um pouco malandro que profanava com espontaneidade o salão da casa Herrera com a música, em 45 rotações, das cançonetas em voga.

Ignazio convidara Emile e depois partira em viagem com Dina. Eram um casal jovem e levaram consigo até Giovanni, pequenino. Parecia-me falta de juízo, mas eles eram nômades. Observava aquele nômade Ignazio com ternura, uma modalidade de vida que enfim acabou por me incomodar, mas que então me parecia alegre como Emile que dançava o beguine.

Tínhamos distribuído os papéis. Ignazio vivia para todos, para mim, para Delia, para mamãe que já não saía mais da cidade, para toda esta cidade de pedra, sempre igual a si mesma. Ele, com seu nomadismo, resgatava tanta imobilidade.

Éramos o local dos retornos, as portas do templo.

Tudo ia bem assim. Só que compreendi depois, muito depois, que é bom que cada um viva mais papéis neste grande teatro, porque dentro se carrega um roteiro que prevê diversos papéis. Representar apenas um pode tornar sua execução perfeita, mas depois as pessoas se dão conta de que foi pouco, muito pouco.

Emile me chamava Agnés e isto para mim parecia um outro nome, um nome mais frívolo, de mulher, sem aquele apelo de virgem mártir que o nome, pronunciado em italiano, trazia consigo.

Emile cheirava tudo.

Para ele o mundo era uma festa de odores. Lembro-me de que fiquei interdita e fascinada quando um dia, tendo ambos entrado numa livraria, comprou um livro, ou talvez fosse eu a presenteá-lo, não sei bem, de qualquer maneira tomou o livro entre as mãos, olhou-o, abriu-o e enfiou a cara. Sorri daquele gesto. Ele me disse:

— Cheiro tudo!

Também sempre cheirei os livros e os cadernos. Agradava-me o odor de papel novo, não aparado, e cheirava fechando os olhos, para melhor absorver aquele prazer sutil.

Para mim, era um ritual, todos os anos, na volta às aulas. Percebê-lo em Emile tornou-o mais próximo a mim. Ele cheirava as comidas, a roupa branca, mesmo quando não levava alguma coisa diretamente ao nariz.

Ao reconhecer aquele hábito e aquele prazer conhecidos por mim e na cozinha, no mar, no jardim, não podia deixar de pensar que o pedacinho de mundo que naquele momento o circundava era para ele antes de tudo um coquetel de odores.

E então desta história dos odores surgiram certas recordações suas que transmitia a mim.

Emile ia à escola na place des Vosges. Para ele aquela praça era o odor de chocolate dos *croissants* que comprava todas as manhãs na *pâtisserie*.

O odor do chocolate era muito bom e lhe enchia a cabeça e a fantasia e o acompanhava na sala de aula onde se sentava no fundo, talvez para se esconder um pouco, pois não era um estudante brilhante.

O pai queria fazer dele um médico ou um engenheiro e no entanto Emile se apegava a coisas supérfluas como os odores das coisas, o desejo de desenhar para si próprio, o prazer de vagabundear pela cidade infinita, o sonho de viajar para mundos longínquos. Entregou-se a esses apelos, não se deixou enquadrar. Apaixonara-se pela arqueologia e encontrara Ignazio no Marrocos.

Tento reconstruir o ponto exato, o momento em que se tornou claro que Emile entrara em mim.

Não sei localizá-lo. Quando compreendi, já acontecera.

Talvez fosse o dia em que falou de sua casa na Provença, uma casa com a escada externa entre o térreo e o primeiro andar, uma casa de camponês. Creio que a culpada foi aquela escada.

Um dia me disse que me levaria para lá.

— Tem jardim? — perguntei.

— Não — respondeu.
— Um terraço?
— Não — repetiu.
— Então uma varanda.
De novo respondeu:
— Não.
Fiquei um pouco surpresa.
Afinal, sempre disse que optara por viver longe de uma cidade grande exatamente para evitar as ruas, o tráfego e os edifícios. Então se não tinha jardim nem terraço nem ao menos uma varanda, o seu era um apartamentinho sem grande história, como tantos outros, na periferia?
Permaneci em silêncio, um pouco desiludida.
Ele me olhou e disse:
— Minha casa tem o campo, no sentido de que está em meio a um grande campo, está sozinha, e ao redor só há campos e verde.
— Mas como é? — perguntei.
— É uma daquelas casas com a escada do lado de fora, que leva ao andar de cima, já disse.
— Como aquelas dos camponeses?
— Sim — respondeu. — É uma casa de camponês.
— E para subir ao andar de cima é necessário ir para fora?
— Sim, é necessário ir para fora — foi a resposta.
E vi, naquele instante preciso, de longe, aquela casa com reboco — não sei por que — cor-de-rosa, e vi a esca-

da que levava ao primeiro andar e as janelas e uma porta, e vi ao redor tanta terra e o verde de que a terra se recobre na primavera e pensei que no verão, naquela casa, à noite, ouviam-se seguramente os grilos.

Mas não disse.

A primeira vez que fizemos amor foi nas Fontes Brancas. Evidentemente uma casa de camponês nos esperava, de qualquer maneira, em algum lugar.

Não ter as horas contadas escancarou o tempo, fez com que os gestos assumissem uma delicadeza insólita.

Comemos sob o parreiral. O ar estava puro e havia um calor de pleno verão. A toalha branca e vermelha se revolvia de instante em instante por uma aragem, o vinho estava frio, adormeci na poltrona de junco.

Quando reabri os olhos vi que Emile comera tudo e pusera sobre mim uma coberta.

Sentia-me como dentro de um ovo, protegida. Nada ou ninguém podia me tirar a paz que sentia e para prolongá-la fechei de novo os olhos e fiquei ali, não sei por quanto tempo ainda.

A noite chegou docemente, lenta, e ficamos até tarde ao ar livre e não recordo de que coisas falamos, talvez tenhamos falado pouco.

Havia um perfume de terra e de campo e tudo me parecia encantado.

A doçura foi tanta, e num certo ponto demasiada para conservá-la inteira, que ele compreendeu que eu tinha um pouco de medo.

Pegou-me a mão e disse:

— Vamos dormir.

Foi na frente.

Os ladrilhos estavam quentes, o campo ao redor se mostrava atrevido e um silêncio fazia sentir a cabeça leve. Virou-se apenas e me estendeu a mão; tomei-a.

Ele tem as mãos grandes e a minha desapareceu na palma dele.

A pele, naquele ponto, uniu-se e talvez eu devesse virar a cabeça. Eu estava em suspenso.

Recordo-me de que, quando transpusemos a porta, ou eu ou ele, ou os dois ao mesmo tempo, nos tocamos. Sei que sua mão era leve.

— Você tem consciência daquilo que aconteceu? — perguntou-me.

Não respondi logo, não sabia o que dizer e quando falei, disse:

— Mas agora o que faço?

— Nada — respondeu. E me levou em direção à cama e assim nos reencontramos deitados e cheios de desejo e as roupas eram tão inconvenientes entre nós, e sua boca percorreu as minhas pernas até a ponta dos pés, e o seu peso sobre mim me fez sentir forte como a terra.

Abri-me, pernas, respiração, braços, e ele entrou em mim. Sabíamos, com certeza absoluta, que nossos corpos se esperavam, que nunca antes haviam revelado a si próprios a infinita, perfeita simplicidade animal daquela união.

Conhecemos o odor da pele e todos os entalhes do corpo, tudo conhecemos um do outro. Tenho certeza de que não foi apenas desejo físico, mas aquilo, de qualquer maneira, não foi nunca tão profundo.

Ainda me pergunto o que fiz para não morrer de dor. Foi terrível. Talvez a paralisia do pensamento tenha sido a única coisa que me salvou.

Como uma bêbada, levantava-me de manhã, dava conta das incumbências cotidianas, saía de casa e voltava, atendia o telefone, tentava até ler.

Falava com os outros e, em suma, como falava de tudo, exceto de minha dor, eu parecia mais ou menos a de sempre.

Os amigos, os conhecidos, achavam-me no máximo um pouco cansada.

Os dias passavam lentos e eu me espantava como meu coração e meu cérebro pudessem conter o claro desespero que noite e dia me fazia companhia.

Havia um ponto, uma âncora que em alguma parte, dentro de mim, me estabilizava. Mas por quanto tempo? E como saber se era forte ou frio como aço? Falava-lhe e dizia: "Agüenta, por favor, agüenta."

Elaborava pensamentos simples que no entanto me faziam chorar porque, ainda que mínimos, conduziam-me a verdades grandes e terríveis.

Pensava coisas como "o tempo passa" ou então palavras como "sempre" ou "nunca".

Repetia-as, palavras e frases, e escutava o som delas, com o estupor de quem chega pela primeira vez à compreensão de uma língua desconhecida.

O importante era resistir.

Empenhei-me em fazer de meus dias e das minhas ações coisas ordenadas e tranqüilas. Era necessário que tudo tivesse um limite, uma linha demarcatória. E que fosse aquela e não outra.

As atividades tinham necessidade de um nome preciso: chamavam-se vestir-se, tomar banho, encher a máquina de lavar, caminhar.

Foi a redescoberta de um vocabulário. Tudo se tornou programado e solene como um rito, uma iniciação, um desenvolvimento, uma finalidade.

Encontrei-me dona de um tempo medido e vazio e me senti salva. Com insistência comecei a observar e imitar as coisas.

As coisas — e foi uma outra revelação — eram calmas, nenhuma tempestade as atravessava. Com elas o tempo é doce e piedoso. Não pensam e, se envelhecem, é sem dor. Chegarei, com exercícios, à sua imperturbabilidade e à sua força.

Nas tarefas antes negligenciadas encontrava uma total ausência de significados que me confortava e me dava a certeza, cada dia mais, de que aquele era o único refúgio possível.

Naqueles dias de limbo comecei a colecionar uns cupons de frascos de detergentes que antes jogava fora.

Encapei alguns velhos livros escolares, separava em grandes envelopes amarelos os recibos de contas. Passava horas consultando catálogos de compras pelo correio, comparava os preços, fazia listas.

As ocupações cotidianas se tornavam sempre mais minuciosas e simples e de tanta obviedade extraía uma paz insípida.

Casa Herrera não é uma casa comum, é algo mais, um prédio com história. Foi com alívio que me empenhei numa série de trabalhos.

Esvaziei gavetas, enchi sacolas de roupa velha para jogar fora, limpei todos os bibelôs, persegui a sujeira e a poeira sem trégua.

Rearrumei as estantes de livros e lustrei a prataria, desloquei móveis e arrumei armários.

Quando tudo ficou brilhante e limpo como nunca, parei. Olhei em torno e fiquei satisfeita. Mas depois, à noite, tive um sonho.

Sonhei que estava numa casa enorme e bela, com muitas janelas. Estava perto de uma delas e olhava para fora, para um céu cor de anis. Talvez fosse uma cobertura. Tinha a sensação de estar no alto.

Tudo era muito belo, como num quadro ou numa fotografia.

Mas, exatamente como num quadro ou numa fotografia, aquilo que faltava eram os sons.

Despertei de súbito, suada, e a dor que por tantos dias estivera adormecida despertou comigo. Senti-me de repente muito cansada. Então me deitei no divã, entre as almofadas, e desejei morrer.

Não morri e, pelo contrário, atingi o estágio da vazante da maré. A água se retirara e o meu corpo e o meu cérebro, enfraquecidos, flutuavam.

Meus gestos eram calmos, não tinha pensamentos, apenas uma grande vontade de dormir. Recomeçaria uma lenta reconstrução: por dentro e por fora.

Tudo, no entanto, andava em marcha lenta. Meus sentidos, que andavam muito carregados, agora estavam apáticos. As coisas ao redor se moviam por inércia. Não tinha nenhuma vontade, nenhum sentimento, nem raiva nem tristeza.

Só vontade de repousar como depois de um naufrágio e um salvamento inesperado.

Despi-me, noite após noite, por toda uma vida, num quarto no qual estava sozinha. Minhas camisolas eram de flanela ou cambraia, de acordo com a estação, sempre com determinados corpetes, com um pouco de renda, algum leve bordado. Panos que jamais qualquer mão masculina tocou ou amarrotou, panos que sempre só conheceram o odor da minha pele.

Durante quarenta anos, todas as noites, repeti os mesmos gestos. Meus lençóis, na minha cama, recobriram-me sempre sozinha e meu quarto jamais viu o amor.

Guardou, como um estojo, a mim e minha solidão.

Nunca mais consegui livrar-me daquela traição.

Aos cinqüenta anos meu corpo se fechou. Um fastio de menos, me disse. Mas um baque no coração houve. Nunca mais, pensei, nunca mais haveria a cadência regular que me tornava feminina, que o certificava além das negações que minha mente urdia e sustentava.

O desejo, apenas o sonho. Desperta, não me sucede mais considerá-lo há tempo. Agora, além disso, seria indecente, sou tão velha.

Mas o sonho abate os anos e o desejo volta.

Na realidade posso cultivar outras paixões mornas: o jardim, Ignazio, a casa, uma família recomposta.

Em relação ao deserto, sei alguma coisa, é todo o meu mundo e me basta, deve bastar.

Minha vida se encheu de coisas insignificantes como o bordado em ponto cruz.

Inundei a casa, as amigas, as feiras de beneficência da paróquia com centros de mesa, toalhas e toalhas de rosto bordadas em ponto cruz.

E há também os cuidados com minha mãe, meu gato Pascal, e o catecismo domingos à tarde.

Bandos de crianças, filhos e depois sobrinhos das amigas e das primas.

"Quem é Deus?" "Deus é o Ser perfeitíssimo, Senhor e Criador do céu e da terra."

Faz algum tempo que não se diz aqui este catecismo, mas continuo a dizê-lo do mesmo modo.

Ter dado sempre a impressão e a segurança de que podia sempre sair-me bem sozinha, em qualquer circunstância, autorizou os outros a pensar que a solidão e a autosuficiência fossem para mim uma condição de vida inata.

Não fiz muito, praticamente nada para combater ou desautorizar esta idéia, mas nunca ninguém se interrogou sobre ela.

Dou-me conta que os outros atribuem a você um papel e, agrade ou não, o papel acaba por ter qualquer coisa de fácil, de claro, de cômodo, até para quem percebe que ele adere às suas costas. Define você, sabe quem você é, como os outros vêem você, o que esperam de você, corresponde à sua ordem.

E aceitei este papel de pessoa auto-suficiente talvez com muita facilidade, autorizando os outros a pensar que basta um telefonema para saber como resolver a crise de mamãe ou a causa do meeiro ou o problema das obras urgentes em casa em conseqüência do teto que ruiu.

Ignazio nunca pensou que eu tivesse necessidade de uma presença, de uma ajuda, de um conselho. Telefonava, informava-se, mas estava sempre em outro lugar.

E que outra pessoa, além dele, poderia me servir de apoio?

O JOGO DA SORTE

As primas às voltas com suas vidas, tio Adelmo velho, sob as garras da tia Titina, quem poderia me servir de ajuda? Pelo contrário, vinham também de visita para despejar sobre mim toneladas de problemas, lamentos, pequenos e grandes, sobre fatos da vida deles. E era óbvio para todos que eu estivesse pronta e disponível para ouvir.

A um certo ponto também tirei a carteira de motorista, não era mais uma mocinha, tinha uns trinta anos.

Atualmente ter trinta anos significa outra coisa, aos trinta anos mulheres e homens prolongam uma adolescência já transcorrida vivendo ainda em casa ou gravitando em torno dela.

As coisas mudaram, quase uma modificação física. Em nenhuma moça que tem hoje mais ou menos trinta anos encontro os sinais de uma idade decisivamente adulta.

Aos trinta anos já se era mulher feita, e se não estava casada chamavam você de senhorita, mas senhorita queria dizer que não tinha homem, talvez virgem. A uma mulher de trinta anos do meu tempo as pessoas chamavam de senhorita com o mesmo tom e a mesma expressão que se usava para dizer senhora.

A temporada da minha juventude foi não apenas breve mas pertencia a um tempo em que o espaço da juventude era mais limitado. No que diz respeito a mim, acrescentou-se o jogo da vida que fez de mim uma mulher traída, abandonada, marcada.

Só Deus sabe como não morri de dor.

A traição de Emile significou muitas coisas. Foi a traição de Emile, a traição de Delia e, sem que nada tivesse a ver, senti também a traição da parte de Ignazio e me rendi.

Com o correr dos anos houve quem quisesse me consolar dizendo que Delia, afinal de contas, fora uma mulher leviana. Este adjetivo nunca foi consolador para mim.

Quisesse o céu que eu fosse "leviana".

Leviano equivale a leve, que voa, que não pesa. Eu, pesada como um tijolo, com a minha insociabilidade, a minha tristeza.

Delia leviana. Leviana pode significar fácil com os homens? Quem pode dizer que isso seja um defeito? De fato, amou e foi amada.

A história com Emile foi para mim beirar uma vertigem, o amarelo forte de um malmequer. Hoje, que uma vida passou pela metade, penso que tudo se recompôs e que nunca saberei se foi apenas uma fantasia de felicidade ou o presságio de uma felicidade verdadeira.

O malmequer amarelo se tornou logo uma flor discreta.

Emile me falava de muitos lugares longínquos, me falava muitas vezes de Tânger. Estivera muito tempo ali e desejava retornar.

De seu quarto, em Tânger, ele via o porto, a casbá, o dédalo de vielas do *souk*. Falava-me do vozerio dos mercados do pequeno Socco, das bancadas transbordantes de todas as mercadorias. E comecei a sonhar com uma vida nômade ao lado dele. Primeira etapa: Tânger.

Via uma casa, um terraço com os divãs de junco, quartos grandes e perfumados de menta, via sua casa no bulevar Pasteur, o Café de Paris.

Emile me dizia que naquele verão de 1955 em toda Tânger só se falava de uma coisa, nos círculos diplomáticos, nos cafés, no pequeno Socco e no grande: que a cidade perderia logo, talvez no espaço de um ano, a administração internacional.

Mas ele dizia que, fosse como fosse, ninguém poderia fazer de Tânger algo diferente do que era.

Cidade de porto e de povos, de tráficos e de religiões e de idiomas, uma cidade de todos e de ninguém, inconquistável.

Contava-me também das suas viagens Sète-Tânger, de navio.

Ignazio pensa que não quero nunca passar das Fontes Brancas porque me recordam a propriedade desmembrada da nossa família. Em parte é verdade, mas o principal motivo é que ali estava a casa do meeiro, ali conheci o amor com Emile e, não obstante seja passada uma vida, não posso rever Fontes Brancas sem que em mim desperte a recordação e prefiro deixar Ignazio com suas convicções.

Creio também que ele pensa em mim como uma virgem guerreira. De resto, baseei toda a vida de acordo com este perfil. Não interessa aos outros que não tenha sido assim.

Conheci o amor e depois foi o deserto. Tornar-me asséptica foi uma necessidade, uma escolha, um caminho obrigatório, não saberia explicar. Mas só sei que este meu corpo viveu, numa temporada breve e longínqua, mas viveu.

Conheço os hábitos de Delia. Depois do jantar, após ter tirado a mesa e colocado aqueles três pratos na pia, fecha a persiana para obter um pouco de sombra, deita-se num divãzinho da sala de jantar e folheia o jornal. Talvez tire uma soneca, talvez permaneça com os olhos fechados mas não dorme. Posso ouvir, se o dia e a hora são particularmente silenciosos, o rumor do jornal caindo no solo, com as páginas esvoaçando.

Delia, quando folheia o jornal, descompõe as páginas de modo que nunca mais se pode ordená-las.

A maneira como Delia maltrata os diários é para mim um indício evidente de desordem. Delia é a Desordem.

Se Delia sai ao anoitecer ouço seus passos que têm um som diferente porque pôs os sapatos. Em geral, quando está em casa, caminha com os pés descalços.

Também este hábito confirma que Delia é estranha. Delia é a Estranheza.

Com os anos se tornou uma recordação palidíssima daquilo que era. É gorda, pesada, o rosto inchado. Veste-se como uma alemã ou uma americana sem idade em excursão.

Calças disformes, camisetas que cobrem quadris e traseiro, tornando-a inteiriça. Escondem sua pelve desfeita, mas não a negam. Os cabelos tingidos têm cem cores, bastante visíveis quando crescem. São atados com desleixo por um prendedor e dois ou três topetes descaem na testa.

Sem nenhuma maquiagem, descuidada, pelo menos na aparência, das ruínas trazidas pelos anos.

Fora uma gazela, esbelta, flexível, clara, com os supercílios espessos e grandes olhos que brilhavam sem que sorrisse com a boca.

Para onde fugiu aquela luz, aquela malícia sedutora?

Em que parte do mundo perdeu-a, ou esqueceu-a, desperdiçada, a quem a presenteou?

Emile deixou-a logo depois.

Às vezes me pergunto onde ele se encontra agora ou se ela tem notícias dele.

Perdoar. Claro que se pode. Creio que seja a piedade em relação a nós mesmos o que nos falta. O meu é um pecado de orgulho. Na verdade não me absolvo e acabei por fazer os outros acreditarem que não absolvo ninguém.

Olho-me no espelho e aquela ruga entre os supercílios me diz sobre mim muitas coisas que não gostaria de ouvir.

Peço-lhe, Senhor, que aplaine aquela ruga, deixe todos os sinais do tempo mas tire aquela fenda que me recorda como sempre que minha mente carrega um peso. Deixe os sinais do sol, do frio, dos prantos, a amarga postura dos lábios, mas tire-me aquela greta que já estava ali aos seis anos.

Na foto é visível, nítida, vertical. Um talho, um ferrete.

Eu estava grávida de Emile e compreendi logo que, qualquer que fosse minha escolha, a vida de ninguém continuaria como antes.

Prevaleceu a vileza, o medo do que viria depois, deste lugar.

Medo e basta.

E se o tivesse constrangido a um casamento "reparador"? O que deveria fazer?

Dizer? A quem?

Decidi que aquela me pareceu a única coisa óbvia, racional, e desde então deixei de ser a mesma pessoa.

Tampouco é verdade que me arrependi, que se voltasse atrás não tornaria a fazer a mesma coisa.

Nos primeiros anos pensei todas as noites naquele filho que não deixei nascer. Depois comecei a pular algumas noites e agora sei que aquilo que aconteceu, aconteceu, como tantas outras coisas que aconteceram. Mas há muito tempo não dói mais.

Que sabe você do sofrimento mudo, da covardia que prevalece, do remorso que persegue a gente? Que sabe você da vida estrangulada do depois? Que sabe você da fixidez de um olhar que permanece marcado?

Pergunto-me muitas vezes como fizeram os outros para não ler na minha cara. Apagou-se em mim alguma coisa e comecei a viver de outro modo.

A vida não era mais uma coisa urgente. Podia ser tranqüila como a de uma planta; tudo considerado, aquela também é vida.

E me tornei uma planta, daí a razão deste jardim.

Sou como tudo aquilo que desponta desta terra. Estupidamente altiva como as musáceas gigantes, resistente e obstinada como a saxífraga, tenra como a campânula, velha como a tamarga.

Não fui bananeira. Sou os junquilhos que atordoam com seu perfume. Sou as bulbosas que explodem entre o inverno e a primavera tardia.

Começam devagar os ganchos e depois é a vez das tulipas, dos jacintos e dos amarílis, descaradamente coloridos. Eu, por mim, não fui colorida. Nunca mais.

O amor não retornou, permaneceu dentro de mim, como sucede com uma planta que não floresce, e no entanto vive e carrega consigo a luz das flores que não rebentaram.

Alvaro me queria como mulher, Alvaro, que conservava anedotas e minúcias dos anos de liceu como se fosse ontem. Não ousava aspirar a mim, parecia-lhe demais: uma Herrera.

Apareci a muitas pessoas como altiva, soberba pelo nome, mas não foi por isso que não o quis.

A verdade é que não o amei. Teria podido ter uma família. Alvaro, o negociante, Alvaro, que me esperou, Alvaro, irmão calmo. Como seria na qualidade de amante? Jamais consegui imaginar o amor com ele.

Certamente não me pediria para ficar na loja. A loja de Alvaro se localiza na praça principal. Entra-se nela acometido por um odor um tanto ácido de goma e de tecido. Um salão a perder de vista, um par de portas no fundo que se abrem para outras enormes peças.

Tecidos, tecidos, tecidos por toda parte. Pilhas altíssimas catalogadas por estações, cores, destinação de uso. Homem, mulher, verão, inverno, meia estação, tecidos para adornar mobília, cortinas, roupa branca.

Nos anos 1960 havia necessidade de marcar hora para ser servido com atenção. Famílias inteiras, especialmente um pouco antes da chegada do calor ou do frio, iam refazer o guarda-roupa, como se dizia.

Os caixeiros eram homens, todos homens, exceto Eleonora na seção de *lingerie*.

O que me agradava mais era a seção de cortinas: veludos, cretones, tecidos de renda, alfaia.

A um certo momento os alfaiates desapareceram e assim se reduziram as pilhas de fazenda em metro e sumiram também as famílias em procissão para a renovação do guarda-roupa. Surgiram as roupas de confecção.

Alvaro percebeu a mudança como uma afronta, mas se adaptou. Trabalhar com as roupas de confecção não era a mesma coisa.

Alvaro, se eu tivesse me casado com ele, me colocaria num altar. No fim das contas seria um bom companheiro. Mas seria também um casamento que nascia velho. E eu não necessitava de um casamento com Alvaro para me sentir velha.

Os longos anos com minha mãe constituíram uma convivência sem surpresas. Era ainda uma mulher forte e lúcida, em plena maturidade, quando Ignazio vivia no estrangeiro.

Sempre teve predileção por aquele filho.

E não por que fosse homem, como se poderia pensar, mas creio em vez disso que Ignazio possuía a chave de acesso ao seu coração que nem eu nem Delia jamais tivemos.

Ignazio sempre teve uma maneira leve e brincalhona de lidar com ela. Retornava de suas longas permanências no exterior e podia se permitir aceitar os caprichos de nossa mãe, os aspectos difíceis de seu caráter, como algo sobre o qual brincar.

Aparava as arestas e abrandava a aspereza de mamãe.

E ela, que tinha de mim todo o cuidado e a atenção deste mundo, acabava por dar tudo por descontado.

Tornou-se sempre mais velha, sempre mais irascível, evanescente, difícil, e a vida destinou-a só a mim pelo resto dos anos.

Depois da morte de Dina parecia que Ignazio se aquietara, desejasse ficar em casa. Mamãe ficou feliz com a reaproximação e qualquer coisa feita por Ignazio lhe parecia excepcional.

Ele chegava com um dourado fresco para o jantar e ela celebrava o perfume daquele dourado e a bondade de qualquer coisa vinda do filho.

Nunca dirigiu a mim, não digo um elogio, mas um simples reconhecimento.

Era tudo óbvio, tudo deduzido.

A aparição de Lia em nossa vida me convenceu ainda mais de que tudo relacionado com a vida de meu irmão era, para nossa mãe, o certo por definição. E de fato mamãe se enfeitiçou por Lia.

Quando chegaria minha vez?

As vezes, na realidade, tinham acabado. A minha era adaptada a certos ritmos, a certas realidades, a não ter a chave de chegar a ela.

E logo a mim, entre os três irmãos, coube o destino de ficar colada a ela.

Os outros — trânsfugas, perdidos por trás de suas profissões ou seus sonhos, ou, uma vez retornados, de novo solicitados pela vida e as emoções — tinham um lugar especial em seu coração.

Talvez aconteça sempre assim. Tudo o que é conhecido, vizinho, é certo, seguro, não se percebe a força, a fidelidade, a espessura.

Pergunto-me se permaneci fiel ou era antes a renúncia a viver que, olhada de um outro lado, podia ser tomada por fidelidade e dedicação.

De qualquer maneira, foi dedicação. Nos fatos.

E nem a dedicação foi reconhecida ou, pelo menos, se mamãe tivesse reconhecido, não o comunicou em vida.

Ela usava sempre o "se" impessoal. Mesmo quando estávamos a sós. O que queria dizer "Deve-se telefonar... dever-se-ia dizer a... deve-se buscar, ir, fazer..."? Todas as vezes significava: telefone, diga, busque, faça, vá...

Pensei que, sentindo a morte se aproximar, diria "se deveria morrer" querendo delegar também a mim, naquele caso, a obrigação!

Tornei-me má com ela, irritável, nervosa, sempre a ponto de sucumbir. Ocorria-me de vez em quando perceber que estava ali para ceder, como um tecido esgarçado que se deve tocar com cuidado porque, se puxar muito, a trama se desfaz.

Eram dias desgastantes para mim. Cada vez mais, as pessoas próximas diziam que eu não tinha mais provisões disponíveis.

Viver com minha mãe nos últimos anos não foi fácil. Éramos duas prisioneiras.

Havia uma espécie de rito que vivi, durante muitos anos, como um hábito inquietante.

De manhã, logo que a encontrava, ainda com os olhos intumescidos, ela me comunicava o sofrimento de uma noite insone, quase insone, perturbada, de qualquer maneira, por alguma coisa: rumores, dores, pensamentos.

Era uma descrição com a face sombria da exaustão com a qual acolhia o novo dia, e no ar — do despertar à noite — ficaria gravado com um sentido fatal e indefinível de fadiga, descontentamento e mal-estar.

As comunicações matinais eram fixas e pontuais, como um boletim de guerra.

Nunca ouvi minha mãe dizer: "Dormi bem", ou então, simplesmente, nada dizer.

E se eu dissesse, era olhada com estupor e estranheza e, infalivelmente, me respondia: "Bendita seja! Eu não preguei os olhos."

Nunca houve uma verdadeira paz em casa, nem de dia nem de noite. Pelo contrário, olhando bem, a noite era o espaço de uma angústia particular, de uma aflição sem nome que, sem poder se justificar nem se manifestar com disputas concretas, discussões precisas sobre qualquer fato, por falta de pretextos com substância, acabava por nascer e se desenvolver dentro de meu corpo que se virava e se revirava na cama, como um suplício de Tântalo.

Com os anos aprendi a não dar importância às noites difíceis de que minha mãe falava, acabei por pensar que era sua única maneira de viver as horas de escuridão.

Só que apenas seria recompensada do seu mal-estar se pudesse ter a certeza de que eu experimentaria mal-estar semelhante. Pobre de mim, estranheza incompreensível se me demorasse num longo despertar, levantado com os traços tensos no rosto, com o corpo mole nos movimentos.

Pelo dia inteiro nutriria um rancoroso silêncio em relação a mim, como uma divindade ofendida.

A morte de mamãe foi uma liberação, mas até que ocorreu tive um dever a cumprir. Tendo ficado sozinha, deveria assumir novos deveres, viver para mim e pronto. Mas não sabia dizer o que significava viver para mim.

Parece-me uma daquelas frases feitas, insignificantes.

Há pessoas, e sou uma delas, que não souberam, ou não quiseram, ou talvez não desejaram achar-se donas da própria vida.

Sim, senhores, minha dedicação à família era uma fachada para a inaptidão, a preguiça mental, a fraqueza, qualquer coisa, mas, se assim foi, falar de "tempo para si", de "liberdade", era colocar em uso palavras vazias. Que sabia eu de liberdade? Aos setenta anos não podia inventar algo além do que fiz, vivi, dissipei até agora.

Alguém diz: vá ao cinema, ao teatro, visite as pessoas...

Tagarelice! Fiz algumas tentativas, mas era ridícula aos meus próprios olhos. Peixe fora d'água nos camarotes dos teatros, entre os sócios do clube, nos salões dos primos ou dos conhecidos. As pessoas eram cuidadosas comigo de maneira fastidiosa. Tratavam-me como uma convalescente.

Havia entre eles, como se podia ver, hábitos, modo de se falar e rir e se referir a fatos e pessoas estranhos para mim. O esforço deles de me inserir numa nova vida era penoso e inútil. Eu não queria uma representação.

Sentia-me deslocada, imagine participar das férias no Alpe de Siusi ou às viagens de verão às capitais européias.

Experimentei, mas sem convicção. Não, não foi por soberba, mas sim por lucidez, que me abstive de fingir o retorno aos salões burgueses da minha cidade.

Portanto: casa, jardim e igreja. A solidão, tremenda, era no entanto uma coisa mais clara.

Voltava para casa e muitas vezes me vinha ao encontro a melancolia.

Era no momento em que eu pousava os embrulhos, tirava o capote, depunha a bolsa, tirava os sapatos para enfiar as pantufas. Naquele momento a melancolia estava de atalaia. Sentia-a nas costas, enfiava as pantufas e a melancolia juntas.

Às vezes tornava de súbito a me vestir, retomava a echarpe que retirara dois segundos antes, ainda quente, e depois o capote e os sapatos, e saía para a rua, procurava quaisquer pretextos para dar outra volta, para adiar o encontro com aqueles quartos, aquele silêncio, aqueles objetos que me olhariam e me reconheceriam.

Os ânimos se aliviavam. Não que daquele vaguear eu extraísse uma melhora de humor, mas suspendia de qualquer maneira um encontro que não podia cancelar, mas somente adiar.

Às vezes não queria sair de novo porque fazia muito frio ou porque me dava conta da inutilidade do ato. E então escancarava as janelas para que aquela espécie de névoa invisível pudesse sair, como o gás quando saturou um quarto.

De alguma maneira, os gestos funcionavam. Mover-se, sair, abrir as janelas ou atender ao telefone que tocava. Tudo servia, mas era extremamente provisório. Eu era provisória, minha vida era provisória.

Dois anos antes, no dia 4 de janeiro, uma quarta-feira, uma quarta-feira como qualquer outra, nada de especial, semelhante a uma quinta-feira ou a uma segunda-feira, em suma, um dia qualquer, de uma semana qualquer, de um ano qualquer, exatamente entre as cinco e as cinco e meia da tarde, detive-me. Estava fazendo um pacote e fui fulminada por um pensamento.

Que a minha vida, sem tirar nem pôr, era uma vida qualquer.

Talvez pior: privada de sentido, ou com um sentido, perdido, vetado ou interrompido ou alternado.

Senti o sangue subir à cabeça e me pareceu que aquela revelação me exauriu, de repente. Ao contrário, não era assim.

Pousei o cortador de papel, o pacote já estava meio envolto na folha com desenhos de rosas vitorianas, sentei-me porque pensei que era melhor que ficasse sentada e começou a desfilar diante de mim uma série de imagens desconjuntadas e sem sentido.

Compreendi que fora roubada de dias, meses, anos. E que ninguém os devolveria. E talvez também que minha alma estivesse em outro lugar. Quanto de mim, me perguntei, fora cúmplice deste furto?

Quanto expus o flanco para que minha existência se tornasse aquilo que se tornou?

Senti o horror daquele pensamento e quis voltar para trás. Bastariam três ou quatro minutos. Se o filme voltasse, pensei, caso pudesse.

Experimentei, ingenuamente, com a testa franzida e o lábio inferior entre os dentes, como fazem as crianças submetidas a esforço, voltar para trás.

Levantei-me, voltei para a mesa, retomei o papel, o embrulho, reassumi a posição dos minutos precedentes e, por uma fração de segundo, fechei os olhos e esperei o milagre.

Refiz o gesto, mas era outro gesto e não serviu para nada. Tive de me render ao horror que se manifestara em mim. Naquela tarde ruiu um castelo interno meu e me senti ofuscada, como por uma luz que tivessem apontado para meus olhos.

E agora, o que faço?, pensei.

Reencontrar Ignazio durante os meses de sua doença me restituiu à atividade, fez com que me sentisse necessária.

E depois que concordamos ser melhor que cada um ficasse em sua casa, mas com telefonemas diários, um convite para jantar, um pouco de televisão vista em conjunto, reconstituiu-se um sentido aos meus dias.

A plácida serenidade de nossas ceias, representando papéis de dona-de-casa e de hóspedes!

Ele, eu sabia, queria uma pacificação plena entre mim e Delia. Confesso que também pensava nisso às vezes, agora que fizemos as pazes e se passou tanto tempo.

Penso também que talvez, finalmente, signifíco para eles alguma coisa que nunca signifiquei. Posso cuidar da idade deles, tornar-me eixo e bússola, porto e repouso.

Poderia governar os dias deles como governo as minhas plantas.

O eclipse da outra semana trouxe consigo como que o presságio de um tempo novo, diferente.

Depois de quarenta anos eu e Delia voltamos a nos falar. A circunstância, pensando bem, foi quase cômica. Naquele dia convidei espontaneamente os dois para a ceia.

No início ela se manteve um pouco fechada, e eu também não era um modelo de espontaneidade. Ignazio, ao contrário, foi esplêndido, representou o papel de irmão mais velho e ficamos falando até noite alta.

Ele se lançou numa de suas histórias africanas e a cada momento fazia observações irônicas sobre mim, sobre meu ser sedentário, horripilada pelos lugares como aqueles em que ele, ao contrário, deixou a alma.

Deixava-o falar, enquanto sorria. O que importa explicar hoje que sempre olhei para ele, para sua vida peregrina, para aquelas terras longínquas que vi apenas em cartão-postal, como um mundo com que sempre sonhei — há tanto tempo — conhecer?

Ele mandava cartões e eu sonhava com os desertos, ele narrava, entre um trânsito e outro, e eu via caravanas que atravessavam o infinito mar de areia.

Encantou-me a antiga história do rei que partiu do oeste com três mil escravos em direção a Meca, e cada escravo tinha um bastão de ouro, e de ouro puro era a carga que o rei transportava em seus dromedários. O rei levava na viagem a favorita e, para a mulher amada, quis a mais preciosa das mercadorias: água. Por causa das areias tórridas fizera transportar, junto com o ouro, água necessária para o banho diário da sua mulher.

Ignazio falava na outra noite dos anos no Senegal, descrevia os matos, as cansativas jornadas pelas estradas de Linguère. Disse-me que um dia ou outro lhe confessaria que invejei sua vida entre os indígenas, que conservo seus cartões na caixa de madeira dourada na primeira gaveta da cômoda, e que torno a olhar para eles de vez em quando, quando estou sozinha.

Outra noite eu e Delia escutávamos atentas e havia entre nós uma paz que nunca percebi. Senti vergonha de mim, da hostilidade ostentada em relação a Lia, da vida de silêncio que deixei escorrer entre mim e Delia e pensei: "Poderia recuperar tudo agora?"

Naturalmente nada disso comentei, mas como alguma coisa tinha de dizer, levantei-me e perguntei:

— Um pouco de marasquino?

Sei que Delia ama o marasquino acima de todas as coisas.

E preparei três copos cheios até a borda. O esplêndido marasquino do meu jardim.

Delia

Não sei o que você pensa encontrar de interessante na narrativa de nossas vidas, mas, já que está pedindo, também farei minha narração.

De alguns dias para cá nós três — Ignazio, Agnese e eu — parecemos uma recomposta trindade bramânica. Nós nos reencontramos e talvez permaneçamos fiadores um do outro.

O liame subterrâneo que nos uniu parece sair a descoberto e tudo aquilo que aconteceu não tem mais valor.

Somos um pouco bufos, parecemos os três mosqueteiros. Clara é D'Artagnan.

Ela fez parte do mobiliário fixo da casa dos Herrera e foi por cinqüenta anos espectadora atenta de um longo filme, olhar vigilante e discreto, parte da nossa história.

Um ou outro de nós se afastou deste lugar, por pouco tempo ou muito, e, no que me diz respeito, eu estava certa de que não voltaria atrás. Os fatos me desmentiram.

Retornei no inverno. Talvez porque o inverno governe os retornos, como diz um amigo meu poeta.

Pensei que tornaria a partir logo depois de alguns dias e no entanto fiquei.

A primavera estava longe, mas o jardim, imóvel e aparentemente extinto, preparava-se para acolhê-la. O jardim disputado entre mim e Agnese se tornou objeto de uma partida da qual esquecemos a aposta, a ponto de não se saber mais o que ganhará aquela que vencer.

Desde aquele inverno retomei minhas vindas, em primeiro lugar com regularidade no verão, depois até nos períodos fora da estação.

Este ano cheguei antes do habitual. Escancarei as persianas, lancei um olhar distraído sobre a confusão de ervas e moitas que tornaram impraticável o terreno que cerquei debaixo de minha varanda e me dediquei por três dias à limpeza da casa.

Desci ao pequeno terreno — que agora é o único a me pertencer — ao entardecer do terceiro dia. Abri a portinha de madeira com dificuldade. Esteve fechada por meses e a madeira inchou. O ferrolho não corria do lado de dentro e tive de bater na estaca com um martelo.

Da janela, debrucei-me para fora e não distingui mais os tijolos que delimitam o canteiro. A erva recobrira tudo e o último temporal acumulou espinhos e folhagem estranhos.

Clara me ajudou um pouco, está sempre disponível para mim, afetuosa. Todos os anos em que estive fora sempre recebi seus bilhetinhos de felicitações no Natal e na Páscoa. Pode-se dizer que ela fora, por tanto tempo, a única ligação com este lugar, quando para o resto havia apenas o silêncio de Agnese.

Ela se ocupou da minha parte da casa, vinha ler o contador, acompanhar os operários, enviou-me as licenças da prefeitura, retirou e expediu certificados quando tive necessidade.

Creio que Agnese sempre teve antipatia por ela, não posso compreender por quê.

Agrada-me a maneira como pus em ordem os quartos. Aqui o tempo é outro. Luz, silêncio, o mar que não se vê mas se sabe que existe, a poltrona de junco que alegra o canto da varanda, um presente que fiz ao verão que estava chegando, à luz nova que inunda a sala, aos meus olhos que fitarão alguma coisa de claro e novo.

O meu era um modo de vida que desgasta. Tornei-me ruim nos últimos anos, irritável, nervosa, sempre a ponto de desabar.

Naquele tempo meus dias passavam nem muito solitários nem tristes. Tudo transcorria com ritmo repetitivo e conhecido e eu atravessava as semanas, os meses, os anos com passo regular e cadenciado de marcha.

Embora me assustasse a idéia de abandonar definitivamente o trabalho, comecei a pensar nisso logo que as circunstâncias permitiram. Pedi demissão e me aposentei antes do tempo. Pensava ficar na Toscana, não havia razão para retornar à nossa casa, com a qual ainda tinha pouca ligação.

Com Agnese a ligação se interrompera, com Ignazio era morna, sincopada.

Trocávamos alguns telefonemas, ele de vez em quando vinha me encontrar, de passagem, em trânsito nas suas viagens.

Voltei apenas pela morte de Dina. Mas reconciliei-me com este lugar. Os problemas com Agnese eram contornáveis, nos espiávamos, tínhamos estudado os hábitos recíprocos e não era muito difícil nos evitarmos.

Estive apaixonada por Emile, e não era capricho, embora todos pensem assim. Deveria ter pensado, refletido, compreendido que ele já iniciara um caso com Agnese. Mas não compreendi.

Só depois soube a verdade. Mas era, de qualquer maneira, a verdade de Emile. A verdade de Agnese, não a conheço até hoje.

A sabedoria ensina que não devemos colocar nunca o preto no branco em coisas que não queremos que sejam conhecidas. Mas me veio o desejo obsessivo de escrever, a palavra muda sobre o papel, a força assumida pelos pensamentos quando se tornam signos.

Também no colégio, quando eu ensinava, todas as vezes em que me defrontava, em História, com a invenção da escrita, deixava-me tomar pelo prazer de percorrer de novo aquele milagre.

Preparei transparências, há muitos anos. Projetava-as e explicava sempre com paixão, como se fosse a primeira vez, o caminho dos homens por intermédio daqueles signos.

Inventando-os, os homens se entregaram à eternidade. Sempre me pareceu que exprimir as coisas, os pensamentos, os sentimentos, escrevendo-os, fizesse com que todos assumissem um valor diferente e mais forte.

Mas essas são considerações que faço hoje, agora que o passado passou.

Então escrevi e basta. Por ingenuidade, por felicidade, porque o coração transbordava e pedia espaços.

Escrevi a Emile sobre o milagre que ele gerara, escrevi sobre o amor que me inundava, escrevi sobre as sensações da pele. Minha fantasia enamorada pensou e desenhou a vida por vir como um círculo perfeito. E naquele círculo, com a maestria e a leveza de um acrobata, lancei-me.

Saí desta cidade. Pensado e feito, num átimo. E descobri o que significava sair em mar aberto.

Menos mal que papai se foi antes que acontecesse tudo isto. Ele, com sua vida de princípios inflexíveis, jamais tocado pela idéia de amores cruzados, teria ficado doente.

Eu tinha recursos para ser independente no plano econômico. Não devia nenhuma explicação a Ignazio, embora mamãe acreditasse ou fingia acreditar que me conseguiu o primeiro emprego de ensino na província de Pisa.

Desde que fui embora, ao menos nos primeiros tempos, tentei manter contato com Agnese, escrevendo-lhe. Não me respondeu e desisti, compreendendo que não era o caso de insistir. Talvez tenha jogado fora ou guardado algumas de minhas cartas. Ela é uma dessas pessoas que guardam tudo.

Passou-se muito tempo desde então. Creio que nos esquecemos, primeiro eu, mas ela também, do motivo principal do silêncio.

Mas antes do silêncio houve sua voz naquele dia. Horrenda, aguda, quase irreconhecível. Arremessava-se contra as paredes, os móveis, os vidros, o ar.

Encontrou meu bilhete para Emile. As lágrimas derramadas, as suas e as minhas, não serviram para salvar, nenhuma das duas, de um rompimento.

Chamou-me de puta, e penso que sempre me considerou assim, em seguida. No final das contas, não estava muito longe da verdade, considerando a quantidade de homens que passaram pela minha vida.

Representamos tão bem nossos papéis! A mim tocou o de sedutora de homens.

Sou canhota, uso a mão esquerda: do diabo ou do coração?

Terá sido a mão canhota que escolheu para mim um percurso desviado da norma, uma tangente?

Meu próprio corpo parece dividido pela metade por uma linha invisível. A parte esquerda da face envelheceu primeiro: certas rugas no canto da boca, um topete de cabelos na testa embranquecido antes do seu correspondente direito.

Não há nada de misterioso nisto, somos todos assimétricos, sei, mas a mim me parece que a assimetria que me governou, escolhendo a mão esquerda e depois se estendendo ao resto, fosse uma espécie de sinal, uma mensagem expedida não se sabe de quem ou de onde, para lembrar-me de que não sou destra, e que — do diabo ou do coração — a parte canhota que me governa sempre falou de maneira oposta, contrária, desviada.

Tentaram me corrigir, adestrar-me, mas minha mente ficou canhota e ficaram canhotas minhas opções.

Sou uma mulher canhota, uma irregular. Atravessei a vida sem respeitar os sinais quando estavam vermelhos e, portanto, sempre estive em contravenção.

Não sei dizer se fui bonita. É claro que me agradava ser admirada. "Escandalosa", dizia minha mãe com reprovação, "escandalosa", esperando induzir-me a ter vergonha da vaidade.

Mas a mim me agradava aquele apelido que deveria me mortificar, tinha o som de coisa leve, em vôo, com vento.

Meus cabelos eram de uma beleza atrevida quando se soltavam. Sofria o constrangimento, desde pequena, de tê-los atados em grandes tranças. Vinham-me lágrimas aos olhos quando minha mãe me penteava, porque o pente tinha os dentes estreitos e a massa encorpada não queria passar por aquelas fendas, o cabelo se embaraçava e minha mãe puxava com força e dizia:

— Fique quieta, fique quieta!

Por despeito e pelo prazer de contrariar as regras, soltava-os quando estava sozinha, sentia-os sobre as costas e abanava a cabeça para lá e para cá para sentir a onda flutuante.

Repetiram-me que olhar-se demais no espelho era pecado. E que, se continuasse a olhar, da lâmina do espelho sairia, sobrepondo-se à minha imagem, o rosto do diabo.

Mas eu gostava de me demorar enquanto me olhava no espelho e o temor do diabo só fazia aumentar a excitação.

Talvez, por ser canhota, travei sempre uma guerra contra certos pecados. Comecei cedo, talvez aos oito ou dez anos.

É um domingo de tarde, em maio, mas faz muito calor, e me dirijo para a aula de catecismo. Sobre um vestidinho sem manga, minha mãe me enfiou uma malha de algodão com as mangas compridas.

Sinto calor, o algodão cru espeta os pulsos, sinto com força o sofrimento por aquela malha que me cinge os braços como uma bainha. Tiro-a e me reúno ao grupo dos companheiros um pouco acalorada, com as faces vermelhas porque estou atrasada. Padre Sergio, mal me vê, me trespassa com o olhar e me sinto sem ação por não compreender o que aconteceu.

Ele estende uma das mãos e, com o dedo apontado, exclama:

— Fora da casa de Deus! Recomponha-se antes de entrar.

Soçobro sob aquelas palavras, aquele olhar, os olhares de todos os outros meninos já sentados, permaneço um minuto petrificada, depois saio da igreja e irrompo em lágrimas de forma violenta. Conheço então um sentimento que jamais experimentara: a vergonha obscura e a raiva por não saber qual é minha culpa, meu grave pecado.

Não voltei logo para casa, fiquei escondida até a hora em que a aula de catecismo terminaria.

Não se repetiu. Nada contei e padre Sergio evidentemente decidiu não me denunciar aos meus pais, e voltei às lições de catecismo sempre com os braços cobertos e aparentemente o episódio se esgotou aqui.

Mas a visão que se abrira daquele catolicismo rígido e farisaico gerou em mim um mar de pensamentos e comecei desde então a me interrogar, a refutar normas e imposições, a colocá-lo em dúvida dentro de mim.

Comecei pelos mandamentos. Muitos verbos imperativos. Depois passei a outros assuntos.

No cemitério lia certos epitáfios fingidos, hipócritas. Como podiam todos acreditar naquelas palavras mentirosas?

Mas o sexo, o sexo era o principal demônio para aquele catolicismo que passei a refutar.

Com os anos fiz nova leitura do episódio de quando eu era criança, acalorada e com os braços nus, e pensei que apareci ao padre Sergio descomposta porque ele pôs sobre mim seus olhos descompostos.

A castidade pode ser uma imposição intolerável, insuportável. O apelo dos sentidos pode, quando sufocado à força, encontrar vias indizíveis para se pôr a caminho.

Talvez daquela tarde quente de domingo tivesse emanado de mim uma imagem de fêmea sexuada e o *vade retro* do padre fosse uma mísera, trágica, cruel tentativa de apaziguar dentro de mim um eco dos sentidos.

Perdi Emile pela lei do contrapé.

Dei-me conta de que dentro dele entrara um rosto, um nome e o desejo dela. Não lhe perguntei nada para não constrangê-lo a mentir, se sentisse necessidade. Eu temia que desmoronasse de uma vez a vida que imaginara longa e compartilhada.

Numa noite de verão estávamos ceando no terraço de Elena quando alguém nos apresentou uma mulher que se chamava como ela, a outra.

Emile se sobressaltou. Compreendi que aquele nome, mesmo que só o nome, penetrara numa profundidade proibida a mim. Talvez ele não quisesse que acontecesse, mas aconteceu.

Ficou claro que eu não tinha poder de modificar o curso que aquele nome, mesmo que só o nome, seguira dentro dele e que estava para se abrir um tempo de solidão.

Nada mudou, ao menos logo depois, em nossos hábitos.

A casa no campo nos esperava no fim de semana, tudo indicava continuidade, mas eu e Emile nos tornáramos mais silenciosos, mais educados, cerimoniosos, distantes.

Como se faz com um doente ou um convalescente.

Ela escrevia a ele, todos os dias, com a impudicícia de quem está apaixonado.

Passaram-se meses e uma noite em que estávamos no jardim me pareceu que era possível falar-lhe, perguntar-lhe o que nunca mencionáramos.

E assim, no escuro que me ajudava e ajudava também a ele, eu disse:

— Pensa em nós?

Por alguns instantes permaneceu em silêncio e depois fez sim com a cabeça.

Ficamos pelo resto da noite em silêncio, sob um céu grande e escuro, entre os grilos e o odor das plantas.

Pensei, é claro, que nada era irremediável. Talvez não tivéssemos feito amor. Estupidamente acreditei que fosse um ponto de vantagem para mim, mas apenas por um átimo.

Compreendi também que um desejo não vivido teria ficado enquistado no coração, cultivado como uma coisa que não ocorreu. A pior das recordações.

Depois Emile tentou fazer comigo aquilo que aconteceu com Agnese: elaborar o amor acabado e fazer dele uma bela dor, um bibelô para se olhar, observar, espanar e ter para o resto da vida ao alcance da vista.

Espantou-me esta eventualidade que no entanto teve, por pouco tempo, a força terrível de uma tentação.

Resisti de início com força de vontade, e, depois, por ser muito inadaptada à contemplação, porque se tratava de um grande amor perdido.

Assim como resisti a um outro possível apelo, o de discutir, recriminar, encetar inúteis e complicadas discussões sobre as causas e a responsabilidade.

Transformar-se em contabilista da própria história de amor acabada pode ajudar, às vezes, mesmo se é uma coisa perdedora e banal.

Acreditei ter aprendido as lições e acreditei também que o amor, com aquela força, não retornaria.

Pelo contrário, aconteceu de novo e teve a força de um furacão.

Vamos chamar este homem de Valmont.

Conheci-o por intermédio de um segundo e obscuro trabalho meu. Ocupava-me da revisão de livros para algumas editoras. Durante anos corrigi as palavras erradas dos outros, acrescentando ou removendo adjetivos, verbos, frases.

Corta-costura-cola para dar forma decente àquilo que muitas vezes não tinha forma decente.

Era paga para aquilo, não me desagradava a tarefa. Comecei a me aborrecer quando dois tampinhas, muito bem relacionados com o editor, começaram — convencidos — a assumir comportamentos e atitudes de senhores da pena.

Meu último esforço, no livro de um dos dois, foi bestial. Praticamente reescrevi o livro e ele, confrontado face a face no escritório do editor, mostrou-se aborrecido com as explicações que eu lhe dava. Tinha pressa, estava todo cheio de si. Talvez se sentisse Hemingway.

Valmont tinha vinte anos mais do que eu, era rico, mundano, um pouco gênero e estilo Ignazio. Apoderou-se de meu corpo, dos meus dias, das minhas ações e em apenas um mês esqueci tudo: amigos, visitas, hábitos, contatos, para viver em função dele. Eu trabalhava quase nada e com desleixo.

Vivermos juntos não estava previsto. O meu era o papel de favorita. Ponto final.

Durante anos, porém, acreditei ser uma coisa importante e preciosa, acreditei que ele era um homem generoso e envolvente porque me cumulava de presentes, me telefonava dez vezes seguidas, queria saber a todo momento do dia ou da noite onde eu estava, quando não estava com ele.

Não saía nem para comprar pão se, no meio de um telefonema por ele mesmo interrompido, me dizia:

— Volto a te ligar.

Esperava que ele voltasse a ligar para não ouvir as repreensões por não me encontrar em casa.

Ao contrário de me enfastiar, uma certa possessividade me permitia achar-me essencial, insubstituível, necessária — o eixo de seus pensamentos e de seus dias.

Ele parecia saído de um romance de Graham Greene. Linho branco e colônia acre. Todo estilo. E o estilo não é pouca coisa. Juntamente com o galanteio, o desvelo e as atenções, pode encantar muito bem uma mulher.

Com ele tudo era sempre muito belo e esteticamente perfeito.

Embarquei nesta história com facilidade, sem nenhuma reserva.

Seu abraço, no entanto, era sufocante, não um raminho leve de erva, compreendi com o tempo, mas o tempo — sabe-se — joga também a brincadeira de não se reapresentar.

E assim fui em frente, um pouco menos eufórica, um pouco mais sufocada, enfim sugada de tudo, privada de contornos que não fossem os seus. Mas então confundia-os e trocava os meus pelos dele. Não compreendi que estava vivendo unicamente em função dele e se às vezes intuí não me pareceu coisa grave.

Enganei-me.

No último ano, sua pressão se relaxou e a oportunidade de respirar que ele me concedia me fez pensar em uma vontade mais respeitosa em relação a mim, uma inclinação afetuosa consolidada e portanto menos voraz.

Ao contrário, estava me enganando. Tinha simplesmente necessidade de muito tempo para se dedicar à "madame".

Descobri tudo por acaso e a dor foi tremenda.

Desde então compreendi Agnese e a amei como nunca, e falei tanto, tanto, tanto, com ela, dentro de mim.

Mas ela, obviamente, não sabe.

Quando reuni todas as peças e ficou claro para mim que já estava destinada em tempos rapidíssimos ao papel de comparsa e, possivelmente, a desaparecer de todo, enlouqueci.

Desejei falar com ele, para saber, para compreender. Não foi fácil descobri-lo, mas consegui.

Encontrou-me no local neutro que escolhi. Era a casa de campo de Elena.

Parecia-me moldura adequada para um encontro com tons pacatos, elegantes. Aguardei-o na varanda, sentada na poltroninha de junco, entre duas buganvílias que, altas e enfraquecidas pela floração, abriam-se perto das duas colunas do pórtico.

A hora do entardecer avançado era a mais adequada. As magnólias, imponentes e carnosas, respiravam calma no ar limpo de julho. Pus roupa clara, esperando aparecer da melhor maneira possível.

Estacionou o carro na alameda de saibro e veio ao meu encontro, talvez com o ar apenas embaraçado, mas foi impressão de um segundo.

Convidei-o a se sentar e pensava: "Isso, vai em frente, assim, tudo ok", me recomendo. "Estilo, estilo!"

Fiz-lhe uma carícia no braço e disse:

— Se você não se importa, fiquemos ao ar livre. Aqui está fresco, você se recorda?

Aquela casa nos acolhera em muitos fins de semana ao longo dos anos.

Ele me disse que me achava muito bem, em esplêndida forma. Estivera eu na praia?

— Você também está bem, talvez tenha engordado um pouco. Mas está bem, você é magro demais.

Pensei que o encaminhamento do assunto adquiria o tom certo, muito elegante, decididamente diferente das últimas comunicações que, por telefone ou carta, atingiram um tom excessivo, no vocabulário e nas emoções. Decididamente, o estilo daquele momento era o melhor.

Ele parecia feliz por me rever, eu controlava um leve tremor nas mãos e no coração e pensava que seria de fato uma conversa adequada. No fim das contas, poderíamos descobrir que havia muitas outras maneiras para que um permanecesse na vida do outro.

Não recordo a ordem com que trocamos as palavras. Creio que por fim convenci-o de que eu não era a górgona que esperava encontrar, porque num dado momento me disse:

— Jamais rompi com qualquer uma das mulheres com quem estive na vida. São elas quem, às vezes, amam os dramas. São exageradas!

Fitei-o nos olhos e, de chofre, evaporaram-se minha calma, o estilo, o bom comportamento.

Habituada a ser tratada como princesa — pelo menos acreditava assim —, seu olhar de conhecido em visita me deixou desalentada e emudecida, aquele olhar de macho sem mais necessidade do meu sexo, do meu tempo, da minha companhia.

Compreendi que me dera tanta coisa só porque me tomara outras tantas. À voracidade com que me havia sugado estava subentendida agora a inapetência.

Eu estava ali, sem peso, sem amarras, sem objetivo, sem bússola, sem diário de bordo... perdida.

Disse-lhe que era um patife, um grande patife, que não me merecia a superioridade do perdão e da indiferença.

Não podia perdoar-lhe a frieza com que continuava a exercer seu poder sobre uma mulher em pedaços.

Submetera-me me antes — velhaco que era, quando desvendei a trama que durava há um ano — a um mês de silêncio devastador.

Eu o inundaria de palavras. Não queria encontrar-me porque não podia assistir ao meu sofrimento. Agora que o havia descoberto, impunha a minha fúria. Fanfarrão e mentiroso, queria representar o papel de Valmont, mas eu não era madame de Tourvel.

Madame era aparentemente perfeita. Aproximava-se dos 60, como ele. Enterrara dois maridos, ambos grandes diplomatas. Era, portanto, duas vezes viúva, e viúva com auréola de brilho social.

Seu rosto aparecia nos jornais de vez em quando, freqüentadora ou animadora de festas do *gran monde* lombardo. Este que era feito de grandes estilistas e medíocres escritores, de senhores da aristocracia, de jovens manteúdas de alto bordo.

Eu sabia como era o mundo de Valmont. Fizera mesmo algumas incursões nele, mas não me adaptei. Era pouco tagarela, muito professora, muito burguesa provinciana. Talvez muito melhor do aquele galinheiro, penso hoje.

Madame, ao contrário, era perfeita para atravessar os portões e os salões lado a lado com Valmont, com linho branco e colônia acre. Madame era a entrada ideal no mundo político e financeiro, o palco de Valmont.

Quando percebi o indício de alguma coisa, peguei o trem e fui a Milão. Ele ficou tão surpreso que teve alguma dificuldade de representar o papel de sultão com a favorita.

Mas consegui desvendar o castelo de mentiras em que eu acreditara.

A casa, que me era vedada por causa dos filhos adolescentes protegidos do inevitável trauma que minha presença comportaria, era cheia de fotos de madame. Sobre o piano, sobre a cômoda do século XVIII, sobre uma cornija do gabinete.

E de madame certamente era o roupão de seda cor de canela pendurado no banheiro.

Por um erro ou extrema insolência e narcisismo, Valmont instalara madame na mesma cidade litorânea em que eu estava naquele verão. E assim a encontrei ao vivo.

Descia sempre para a praia por volta das dez horas. Alta, cabelos grisalhos, o corpo magro e muito bem sustentado, trocava os pareôs mas, como acontecia com os roupões, ela preferia sempre a cor canela.

Despontava de entre as flores e descia a passarela de madeira até a praia com a natural elegância de uma rainha.

Encarei-a e, naturalmente, foi um erro. Mas queria administrar minha saída de cena.

Madame se mostrou, com muito estilo, altiva e arrogante, como pode ser uma senhora elevada à condição de companheira exclusiva, pública, em relação àquela outra, dispensada.

— Sei quem é, e sei também que é uma história morta, acabada. Há muito tempo. Não entro nisso — me disse —, é um problema de vocês dois.

Quanto ao fato de que fosse uma história acabada há tanto tempo, pena que não tivesse me dado conta. Onde estava até o mês passado o amor nas noites e nas preguiçosas horas após as refeições? Onde estavam as carícias trocadas? O que foi feito das horas empregadas em revisar seus escritos, de um tédio mortal, mas que, porque estava apaixonada, conseguia transformar em leitura de algum gosto?

Quanto ao que me diz respeito, fui uma covarde, como só uma mulher enganada e enfurecida sabe ser. Ponto final. Não houve nenhuma dignidade no momento em que acabei em pedaços, nenhuma generosidade depois.

Restituí, com juros, tudo o que me foi oferecido. E, além disso, sem o estilo de madame. Banquei a louca, fiz loucuras, espantei-os porque me tornara uma fúria. De resto, o que tinha a perder?

Na bela e elegante mansão de Milão, uma depois da outra, fiz em pedaços todas as porcelanas de Delft. Passei depois aos cristais.

Depois daquela devastação me recompus, decidi escolher outros caminhos e usá-los todos. E representei outros papéis. Após a moça de boa família, a ladra de homens, a mulherzinha feliz, a mulher seduzida e abandonada, ostentando a roupagem da solteira agressiva, da intelectual engajada, sempre, no entanto, a mulher transgressora.

Importa falar sobre aqueles papéis na ordem?

São todos verdadeiros e nenhum deles é. Hoje, acabada a necessidade da representação teatral, contemplo meu passado e não me arrependo de tê-lo vivido.

Sei que Agnese olha para minhas janelas iluminadas até noite alta. Pensará decerto que a insônia me persegue e me extenua, como acontece com ela. Nada disso.

Gozo nas horas noturnas um tempo protegido, precioso, taça a sorver lentamente. Escrevo, escrevo e só sei quanto meu prazer é grande.

Enfim, uso apenas palavras minhas, nada a dividir com as palavras geradas pelos outros, ainda que fossem — e não eram — obras-primas narrativas.

Nas noites insones me voltam à mente os nomes de meus tantos amantes — sem que eu queira representar a cantilena que a mente repete sem sentido apenas para mim.

Onde estarão agora?

Depois de Emile e depois de Valmont foram muitos os viajantes em trânsito, mas nenhum permaneceu tempo suficiente para que eu repetisse o papel da mulherzinha ou da favorita.

Não exageremos os fatos: fazer amor com um homem não é coisa complicada, mesmo sem amor.

Pode-se. Porque é um dia chuvoso, porque você se sente vagamente vaidosa e alegre, porque a pessoa sabe se impor, ou porque simplesmente tem vontade.

E assim minhas outras histórias — de poucas semanas, de meses — pontuaram o pós-Emile e o pós-Valmont. Não se tratava da idéia de que uma experiência nova expulsa a anterior. Seria, além de tudo, banal. E uma mulher canhota não pode ser banal.

Acabava sempre da mesma maneira: "Mas, se, no fundo, apesar de tudo..."

Iniciavam-se as concessivas, as alternativas, as adversativas. E eu compreendia que o viajante em trânsito encenava, mais ou menos bem, mais ou menos convicto, a cerimônia dos adeuses. De qualquer forma, nunca eram verdadeiros adeuses. Queriam sempre deixar aberta a porta para eventuais tardes de chuva e domingos plenos de mulheres e de televisão.

Eu conhecia o roteiro e representava bem o papel de coadjuvante.

Mantinha sempre minha vida particular fora das maledicências, mas isso não impedia certos cochichos nos corredores da escola, certas frases interrompidas pela metade quando eu entrava na sala dos professores. Importava-me tão pouco, que nada sofria. Pelo contrário, ria daquelas minhas colegas que se ocupavam, sem ser chamadas, da atividade das partes secretas de meu corpo.

Suas partes evidentemente eram menos interessantes.

Meu lado canhoto sempre me enviou sinais certos, fui sempre amiga da minha parte esquerda, não a rejeitei. Fez-me companhia, definiu-me, acompanhou-me e me serviu durante todos esses anos.

Ignazio vive na vila como um príncipe. Só que agora como um príncipe um pouco triste e um pouco cansado. Certos dias penso que poderia dialogar com ele, falar de mim, da minha vida torta. Ele, que passou por tantas, teria compreendido. Foi um tremendo galinha.
Amou Dina, é verdade, mas nunca perdeu uma mulher que o interessasse e estivesse disponível.
Mentiroso como poucos, administrou amantes, amores, família, com uma arte refinada. Agnese sempre teve despeito pela sua desenvoltura. Eu lhe admirei a habilidade.
Ele acredita que sempre foi perspicaz no confronto com Dina, e, ao contrário, ela foi mais inteligente, e não apenas por ter percebido sua infidelidade, mas porque conseguiu convencê-lo de nada saber.
Dina e eu nos escrevíamos às vezes. Eis o que me escreveu numa carta de 1981:

"... quanto a Ignazio, creia na tranqüilidade que demonstro. Sei que está aterrorizado pela minha próxima operação cardíaca. Ainda que em Londres esteja o melhor da cirurgia, a situação é muito séria. Se der errado, na melhor das hipóteses, ficarei deficiente para sempre. Sei muito bem que ele procura o prazer em outros lugares. De resto, quem poderia recriminá-lo? Finjo não compreender. Olho para ele — dou-me conta — como se fosse uma espécie de filho, como alguém por quem mentirei, roubarei, venderei a alma.

"Ele me ama, sem dúvida, mas é o amor por uma convalescente, feito de cuidados. Outras lhe pedem os sentidos para serem satisfeitas.

"Quanto a mim, sempre compreendi que devia fingir-me mais organizada e simples do que já sou. Ignazio, mas talvez seja um aspecto comum a todos os homens, é instintivamente rejeitado pelo intrincado mundo que existe na cabeça das mulheres. Sente medo daquele labirinto de quartos inexplorados e secretos, às vezes ignorados por elas próprias. Teme que dali possam escapar Fúrias e não haveria para ele defesa possível. Por isso se mantém, sempre, atentamente afastado."

É verdade que nunca falei com Ignazio sobre mim, mas não é fácil falar de si, sobretudo com um irmão, se nunca se falou.

E assim se tagarela de tudo e de nada. De Agnese, das razões da divisão do jardim, das coisas que ele ouve no clube.

— Façamos um pouco de fofoca — digo-lhe, e ele sorri. É um jogo, diverte-nos e voltamos a ser irmãos e cúmplices, como poderia ser mas não foi durante tanto tempo.

Prefiro que seja ele a vir a minha casa, de vez em quando convido-o para a ceia.

Na vila não vou de boa vontade, nunca me agradou muito. Talvez porque as primeiras recordações verdadeiras, claras, que dela tenho sejam dos tempos de guerra. A vila fora requisitada e só papai a visitava regularmente, porque era médico. Era proibida aos outros.

Era um campo de concentração, apenas para mulheres. Estrangeiras.

Nunca se falou disso com prazer, da parte de ninguém. Talvez agora algum jovem pesquise entre os arquivos e encontre documentos que contarão o que aconteceu naqueles anos.

Com Ignazio nunca falei tampouco sobre Lia. Não acreditei também quando ela tornou a partir para a América, em fuga. Se aconteceu, é porque a venceram pelo cansaço.

Ela o amava, tenho certeza.

Só os olhos de uma mulher apaixonada podem posar com aquela luz sobre a face, as mãos, os gestos da pessoa que ama.

Então, senti-me tentada a enfrentar Agnese e Giovanni, de desencavar o egoísmo de ambos, a hipocrisia, a violência da intromissão, do julgamento, da cegueira. Quem dava a eles o direito de repelir Lia?

Giovanni, então! Tornou-se filho pródigo! Só o enfarto pode ter permitido a Ignazio ceder, permitir que Agnese e

Giovanni se tornassem árbitros de seus dias. Ganharam dele por cansaço, por fraqueza.

Hoje — me pergunto — estarão em paz com sua consciência? Campeões de ética, sagrados anjos da guarda da família Herrera, pensarão ter agido em nome de todos os mandamentos. Giovanni acreditará ter honrado o quarto mandamento de maneira completa, ignorando ter praticado um vício capital: a inveja.

Nunca uma mulher pousou os olhos em seu pai, como Lia, e isso deve tê-lo tornado furioso.

No que se refere a mim, em matéria de vício capital, prefiro o meu, a luxúria. Ficou colado às minhas costas, como uma etiqueta, e, se não por outra coisa, o exerci bem.

Giovanni sabe que não o amo. Creio que não lhe importa nada, talvez só o desapontamento de saber que de mim não terá nunca um tostão.

Ninguém deve se permitir jogar comigo, não me encanta aquela sua cara de simpático tratante, e que guarde para Agnese as denguices sedutoras.

Parecem-se, de resto. Ambos são os enfatuados e sagazes administradores da sorte da casa Herrera.

Imagine se Ignazio, peregrino viajante, depois de ter ficado sem Dina, pusesse na cabeça se casar com Lia? E talvez também dispor de seu patrimônio, subtraindo-o do único destino óbvio: o legítimo herdeiro, o macho, o último macho da casa Herrera?

Alertaram-se neles todas as defesas possíveis. E veio o pacto de aço!

Compactos e alinhados, foram à guerra contra aquela mulher, já complicada por si só, imagine-se com esta dupla tia-sobrinho a combatê-la.

Agnese não perdoou Ignazio de não ser capaz de suportar uma cama vazia. Por que deveria?

Lia me escreveu depois de alguns meses de seu retorno à América. Entre nós não houve nenhum relacionamento, sabíamos apenas uma da existência da outra e nos encontramos poucas vezes.

Mas deve ter compreendido logo que eu não fazia parte do eixo Giovanni-Agnese.

Não a ajudei, limitei-me a olhar de longe, também porque, no fim das contas, Ignazio podia e devia — se tivesse desejado — repelir o cuidado interessado de Agnese e a avidez mal dissimulada de Giovanni.

Nada fez, problema seu.

Antes de retornar à América, Lia me telefonou, um telefonema delicado, formal. Só que no fim, antes de desligar, disse:

— Obrigado.
— De quê?

Repetiu apenas:

— Obrigado, obrigado — sem responder à minha pergunta.

A carta chegou alguns meses depois de sua partida e respondia à minha pergunta: "De quê?"

"Cara Delia,
digo-lhe por que sou agradecida. Por não ter feito nada, absolutamente nada — mesmo que tivesse desejado — para aliviar o gelo que sua irmã e seu sobrinho me reservaram durante meses, e não procurar ter comigo algum tipo de relação. Os párias se entendem, e é o que basta. Nunca a temi. Não sei o que pensou da minha relação com Ignazio, mas tenho motivo para crer, no entanto, que sempre esteve ausente a suspeita, a desconfiança..."

Falou depois do trabalho, no qual mergulhara totalmente e que lhe preenchia os dias, a cabeça, a mente.

O coração não, mas não é fácil tê-lo pleno e quente em todas as fases da vida, sabe-se.

Se Agnese tivesse levantado de vez em quando a cabeça para o céu, se tivesse olhado para cima! Talvez compreendesse que este é um mundo de papelão, que os sonhos importantes também são feitos de nada, que somos todos um pouco traídos e traímos todos também um pouco.

Mas não. Dura, fechada em seu ressentimento, agarrada ao meu erro.

Gostaria de falar com ela, explicar-me.

Continuei, pelo contrário, a me comportar em sentido oposto, deixei-me transportar ainda pela corrente da vida.

Mas um dia todas as representações terminaram.

O jovem arquiteto podia ser apenas um outro viajante em trânsito. E no entanto se apaixonou de verdade. Escreveu-me que entrei em sua vida com o passo leve de uma gazela e que me tornara "um exército alinhado para a batalha".

Ninguém me dissera jamais palavras tão belas e a beleza das palavras me conquistou.

Poderia ter imaginado tudo, menos aquele delírio. De início havia a surpresa, porque era um homem mais jovem do que eu, e depois o jogo, de que eu conhecia as regras. Deu-se depois a perda das regras e enfim a sensação de ter sido capturada, seduzida, incapaz de concluir a partida.

Foi hábil, talvez sem saber, sem querer, mas foi hábil. Conquistou-me aos poucos com as palavras, a única arma que podia ainda me conquistar de verdade, mas nunca mais me deixei aprisionar por aquelas armas porque vivera uma vida em meio a gente analfabeta.

Ninguém mais arriscara derrubar a mulher secreta existente em mim, doravante habituada a atravessar desertos sem companheiros, habituada à solidão beata dos pensamentos para si própria.

E no entanto, miseravelmente, esta mulher estava por ruir. E, pela primeira vez, não sob carícias. Minhas defesas internas cederam pouco a pouco até não haver mais muros de fortificação.

E aquele jovem entrou em mim como se estivesse entrando nas muralhas de Jericó, suas palavras se emaranhavam entre meus cabelos, entre os dedos, nas veias dos pulsos e entrei no jogo que não era mais um jogo.

Foi de certa maneira um companheiro ideal, um esgrimista de florete perfeito.

Encontrou os caminhos que levavam a lugares íntimos, escondidos, traídos ou esquecidos. E eu o segui encantada, como o flautista de Hamelin.

Talvez, num certo ponto, tive medo da excessiva beleza que as palavras podem carregar e me tornei cáustica. Quis retornar à terra, abandonar o navio.

Pisei no acelerador do cinismo e arremeti conscientemente, com determinação.

Representei em grande estilo, como uma verdadeira atriz.

Um misto de sexo e literatura, como fora, de resto, nossa relação.

Um bilhete breve, irônico, definitivo. Acompanhava certos versos de uma poesia de que eu gostava muito, *Ao meu amante que volta para sua mulher*:

Ela está toda lá.
Por você com maestria foi enganada e foi purificada,
Por você forjada desde a infância,

Com suas cem bilhas prediletas foi construída.
Ela sempre esteve lá, meu caro.
É, de fato, deliciosa.
Fogos de artifício num fevereiro tedioso,
E concreta como panela de ferro-gusa.
Digamo-nos, estive de passagem.
Um luxo. Uma chalupa vermelha na enseada.
... Ela é tão nua, é única.
É a soma de você e seus sonhos.
Sobe nela como num monumento, degrau por degrau.
Ela é sólida.
Quanto a mim, sou uma aquarela.
Dissolvo-me.

Nunca teria imaginado a reação.

Os sussurros, na escola, tornaram-se estrondo. Compreendi naquele momento que se apagaram todos os refletores do meu palco e que para mim se iniciava outro tempo.

Neste fim de agosto penso em nós três, em nossa trindade bramânica, em nossas vidas, e me parece que somos tão semelhantes! Somos três solidões, um milorde e duas miladies, muito sozinhos, mas com estilo.

Reflito sobre o significado das palavras que durante muito tempo deixei impensadas. Por exemplo: o que significa irmã. Alguém tem uma irmã ou um irmão, e pronto. Não se fica pensando que coisa significa. Depois, com os anos, volta-se ao assunto. Os anos embaralham mas também desembaralham as cartas.

E acontece, como aconteceu conosco, que voltam para a mesma caixa, acabados os jogos, reis e peões, rainhas e cavalos.

Clara

Tenho pensado muitas vezes como o tempo é misterioso em seu caminho. O tempo é circular e volta sempre sobre seus passos, mas os homens ignoram quase sempre este retorno.

Era uma tarde de 1952. Abríramos há pouco o bar e dom Cosimo viera seguidas vezes, nas semanas precedentes, ver como andavam os trabalhos de reestruturação. Tudo estava regular, o aluguel pago, a caução depositada. Não me parecia que houvesse motivo particular para aquela visita, nem para o seu tom tão solene, em voz baixa, quase em segredo:

— Clara, desejo pedir a você uma gentileza.

Parecia ter pressa, como se desejasse se libertar de um peso. Acomodei-o numa mesinha, não havia mais ninguém naquele momento, fazia muito calor e dom Cosimo também sentia calor. Enxugava o suor da fronte e os olhos se mostravam inquietos, perdidos. Nunca acontecera situação semelhante entre nós e eu estava levemente constrangida.

Ele tirou do bolso um envelope e, olhando-me bem nos olhos, disse:

— Gostaria, Clara, que você guardasse este envelope para mim, é uma coisa minha, particular. Não quero que fique em casa e não deve cair na mão de ninguém, compreendeu? Você me devolverá quando eu pedir.

— Certo, fique tranqüilo — respondi-lhe e segurei o retângulo amarelado que podia conter qualquer coisa, mas só de papel, como senti pelo tato. Ele disse apenas:

— Obrigado.

Senti que sua gratidão devia ser de fato sincera.

Não sei por que me escolheu como depositária de um segredo. Imagino que tinha intenção de deixar comigo aquele envelope por pouco tempo, e eu era uma pessoa de confiança, mas ao mesmo tempo tão alheia que ninguém, seja quem for, teria pensado em buscar comigo.

Dom Cosimo morreu um mês depois.

Talvez, pensei então, sentisse que o fim se aproximava e quisera dispor de seus bens.

Não pensei logo no envelope, deixei-o na parte mais alta de uma prateleira, entre o dicionário e dois álbuns de fotografias. Era um lugar seguro, longe de mãos e olhos estranhos.

Foi na primavera seguinte ou talvez na outra ainda, não sei. Mas era certamente primavera porque me lembro de que os narcisos estavam floridos. Tenho certeza a respeito dos narcisos, estavam ali, jovens e altivos, nos vasos, na sacada da cozinha.

O envelope estava lacrado, abri-o e dele saltaram duas fotografias, três cartas, um passaporte e um postal que reproduzia a grande pintura que há numa das paredes da nossa catedral, aquela em que estão representados Ester e Assuero.

Comecei pelas fotografias.

Uma era tamanho carteira de identidade, a outra maior. Em ambas havia uma jovem de cabelos claros, seguros num dos lados por um prendedor de osso. Como eram claros aqueles olhos! Na foto pequena se divisava apenas uma gola de renda, talvez uma blusa, ou um vestido, mas a gola emoldurava um pescoço delgado e comprido. Era uma moça muito bonita.

Na outra foto, a mesma moça sorria apoiada à cancela da vila Herrera, a vila onde mora hoje dom Ignazio. Esta foto a mostrava de pé e assim se podia ter uma idéia mais precisa. Era pequena, com pernas bonitas e tornozelos delicados, e tinha um capote masculino, com ombros enormes que a tornavam menor e magra.

Com uma das mãos se apoiava num dos batentes da cancela fechada, e o seu corpo se recortava no espaço vazio em que o outro batente, escancarado, funcionava como fundo da foto.

Devia ser inverno, porque o ar que se entrevia do pequeno espaço defronte à vila era cinzento, e o céu como de neve.

Na parte de trás da foto grande havia apenas um nome: Dora Klein.

O passaporte não tinha foto e continha os seguintes dados.

Nome: Dora.
Sobrenome: Klein.
Local de nascimento: Cracóvia.
Data de nascimento: 15 de maio de 1920.
Nacionalidade: polonesa.
Profissão: estudante.

Havia um visto, um par de carimbos, e a informação de que fora expedido pela embaixada da Polônia a 18 de outubro de 1937.

A primeira carta, endereçada a Cosimo Herrera, era esta:

Roma, 20 de junho de 1944

Caro Cosimo,
escrevo-lhe da cidade libertada e espero que minha carta chegue às suas mãos. As pessoas a quem me confiou foram formidáveis e passamos o *front* de Sangro. Atingimos Bari, depois Nápoles, Cassino e agora estou em Roma. Juntei-me às tropas aliadas e trabalho para elas, na Psychological Welfare Branch, como intérprete.

A organização de assistência Joint me arranjará o mais rápido possível o visto para os Estados Unidos.

Pode acontecer, portanto, que esta seja a última possibilidade de contato com você aqui na Itália. Chegada à América, darei notícias, mantendo a promessa de tranqüilizá-lo a respeito de minhas condições e, depois, silêncio, como você pediu.

Eu, que não rezava mais, que nem sequer ia ao templo, rezo agora por você e sua família. Passarei o resto de minha vida recordando você. Não há palavras para exprimir a vida que lhe devo. Se não subi a um vagão de chumbo devo a você e à sua alma justa e corajosa. Amo você.

Dora

A segunda:

Dodge City, Kansas, 18 de maio de 1945

Caro Cosimo,
a organização Joint, como lhe disse, conseguiu-me visto para os Estados Unidos. Cheguei há pouco e talvez a minha peregrinação tenha acabado. Tenho muitas coisas para dizer, mas é impossível contar tudo, tantas foram as coisas que aconteceram nesse último ano. Acompanhei desta outra parte do mundo os acontecimentos italianos, espero que vocês estejam bem em família e que os anos por vir possam trazer uma paz verdadeira.

Não se preocupe comigo, estou bem. Casei-me com um homem que me ama. É um ítalo-americano e se chama John. Espero ser uma boa mulher para ele. Não mando meu endereço para respeitar aquilo que você decidiu/decidimos.

Me lembrarei sempre. Um abraço.
DORA

A terceira:

Dodge City, Kansas, 10 de dezembro de 1946

Caro Cosimo,
nada sei sobre você, sobre vocês. Às vezes me sinto tentada a transgredir nosso pacto, mas sei que uma sabedoria e uma paciência antigas, que me foram legadas por minha gente, me farão permanecer fiel.

Desejo que você saiba, se estas minhas palavras chegarem a você, que estou bem, que não poderei nunca esquecer. Espero um filho. Nascerá em junho.

Creio, quero crer, com força, que o tempo por vir será um tempo generoso com todos nós. Que nos ajude a recordar mas não a viver prisioneiros das recordações.

Amo você. Por que e como não digo, porque já sabemos.

DORA

Não falei a ninguém sobre aquela mulher das fotos, das cartas, mas pensava algumas vezes nela. Mas não compreendia o papel do postal com a pintura da catedral, embora não me interrogasse com insistência.

Era claríssimo o amor entre dom Cosimo e aquela Dora Klein, mas, de resto, quem era Dora? Como chegara à nossa cidade? Como fora ajudada por dom Cosimo?

Acabei por me esquecer, ou quase. Conservei o envelope no fundo de uma caixa, não pensei sequer em me desfazer dele nem restituí-lo aos Herrera, pois no fundo prometi guardá-lo, e de fato guardei.

Durante muitos anos permaneceu ali, dormia um sono que, no que me dizia respeito, poderia ser eterno.

Três anos atrás voltou, no entanto, a viver, a me chamar, a falar comigo. Aquelas fotos, aquelas cartas, aquele documento, geraram um apelo na minha mente, uma atenção.

Decidi saber mais, queria respostas a perguntas que me fizera há mais de quarenta anos. Comecei a me informar, perguntava distraída ao redor, com cautela, com tato, como se fosse casual.

Ainda havia muitos que recordavam os tempos de guerra, mas ninguém tinha vontade de remexer o passado. Falar da vila Herrera criava uma espécie de embaraço, como se aquela lembrança contivesse misérias dos homens e da história.

Aos poucos, fui juntando frases interrompidas, lampejos de recordações, um pouco de boatos. Fora sempre uma *tovarich* e na sede do partido havia dois jovens estudantes que preparavam teses de doutorado. Ocupavam-se exatamente daqueles anos de guerra e daquilo que acontecera em nossa cidade aparentemente alheia aos eventos da grande história.

Consultavam jornais de época, crônicas locais, tinham material diversificado encontrado nos Arquivos do Estado.

Falei com eles e veio à luz, inteira, finalmente, toda a história da vila dos Herrera.

Era 15 de junho de 1940. A ordem de detenção dos judeus provenientes dos países sob domínio nazista dizia: "Logo que forem encarcerados deverá se proceder à limpeza de judeus estrangeiros pertencentes a Estados que praticam a política racial. Ditos elementos indesejáveis embebidos de ódio contra os regimes totalitários, capazes de qualquer ação deletéria, em prol da defesa do Estado e da ordem pública serão retirados de circulação. Deverão portanto ser presos judeus estrangeiros alemães, tcheco-eslovacos, poloneses, apátridas, com idade de dezesseis a sessenta anos."

Dora Klein era judia e polonesa. Fora certamente aprisionada e transportada a esta província escolhida, como outras 43, para sediar um campo de internamento.

Esta cidade era uma das poucas a abrigar um campo exclusivamente feminino.

A vila Herrera, requisitada pelo comando alemão, tornara-se em poucas semanas o local de coleta de oitenta mulheres estrangeiras.

Todas, depois de 30 de novembro de 1943, de internas se transformaram em prisioneiras para deportação, e para elas era apenas uma questão de tempo. Subiram num trem que as levou embora. Percurso idêntico: L'Aquila-Bagno a Ripoli-Milão-Verona-Auschwitz.

Alguma se salvou talvez?

Dora nunca subiu ao trem, porque dom Cosimo conseguira colocá-la a salvo.

Não era possível saber como fizera, mas certamente conseguira documentos falsos e a encaminhara a alguma pessoa de confiança, talvez a *partigiani*.

Dom Cosimo era o médico pago pela comuna da cidade para cuidar das pessoas pobres, na época. Era um dos poucos que tinha acesso à vila, transformada em campo de internamento, para visitar as mulheres reclusas com necessidade de cuidados médicos.

Certamente conhecera Dora daquela maneira. Mas como acontecera, por quanto tempo, era uma verdade que os protagonistas daquela história levaram consigo. Dona Maria compreendera? Quem eram as pessoas corajosas que ajudaram Dora a ultrapassar o *front* e a chegar à Roma liberada?

Sobre o postal de Ester e Assuero eu não fazia conjecturas, pensava que fora acabar por acaso naquele envelope que me foi dado para guardar.

Ao mesmo tempo, tendo conhecido dom Cosimo e sua meticulosidade, pensava que devia ter algum significado. Mas qual?

Fui à catedral muitas vezes. Olhava o afresco e depois a reprodução, mas nada me diziam.

Era um dos tantos episódios bíblicos escolhidos pelo pintor para ornamentar as aberturas ao longo das naves.

Procurei logo na Bíblia a história de Ester e Assuero, que não me dizia nada além da história de um antigo acontecimento.

Certamente a bela rainha era de origem judaica, o que poderia ser uma referência à situação de Dora, mas não via além.

Um dia, de repente, tive uma idéia: e se no episódio bíblico houvesse qualquer coisa, talvez marginal, pelo menos em aparência, que sei? Um objeto, um local, uma data, qualquer coisa a ver com Dora?

Li e reli os acontecimentos antigos, mas não encontrava nada mais do que aquilo que lia. Talvez minha intuição fosse correta, mas navegava no escuro e me convenci a deixar tudo de lado, porque, no final das contas, agora era tudo passado longínquo!

Mas a idéia de poder compreender, embora com tantos anos de atraso, um fio que — de outra maneira —

deslizaria definitivamente no escuro, impelia-me a procurar a resposta ao enigma.

Estava lendo pela enésima vez a história de Ester e Assuero quando minha atenção se deteve no ponto em que se falava da *sorte*.

"No primeiro mês, que é o de Nisã, no ano duodécimo do rei Assuero, foi lançado o *Pur*, isto é, a sorte, em presença de Amã, para cada dia e cada mês (a fim de se exterminar o povo de Mardoqueu num só dia; e a sorte caiu sobre o décimo terceiro dia) do duodécimo mês, que é o de Adar."

A sorte... a sorte!... Outra coisa não era senão um dado!

Dom Cosimo costumava dizer:

— Joguemos a sorte.

Sempre fora um jogador apaixonado por damas, xadrez e dados. Recordo bem sua figura curvada sobre a mesinha do gabinete mergulhado em partidas compridas e complexas com a filha Agnese que era sua discípula preferida, e também a lançar os dados.

A caixa dos dados, das pedras de damas e de xadrez!

Onde estava a caixa? Depois da morte de dom Cosimo muitas de suas coisas foram retiradas, outras acabaram na água-furtada ou na adega. A própria casa da rua Oriental, uma vez dividida entre Delia e Agnese, vira o transbordo de móveis, objetos, quadros, utensílios.

Recordei porém que Agnese, depois da morte do pai, quisera — mais do que dona Maria, mais do que os irmãos — apagar seus traços, adaptando o gabinete com outros móveis, deslocando os objetos que pertenceram ao doutor, doando aos amigos do clube como recordação do pai alguma coisa que lhe pertencera.

Pus-me à procura, uma busca desesperada e talvez inútil. Mas minha determinação foi premiada.

Na vila, numa grande arca que nunca era aberta e que servia apenas como superfície de apoio para o candeeiro e uma coleção de pequenos bronzes napolitanos do final do século XIX, no fundo, debaixo de papéis, cobertores, trapos velhos, encontrei aquilo que procurava.

Estava sozinha em casa naquela manhã, tirei a caixa para fora e a abri.

Obviamente havia dados e peões. O marfim amarelado, alguma torre sem uma ameia... mas tudo estava ali.

Não me detive. Esvaziei a caixa de madeira, virei-a de cabeça para baixo, era pesada e difícil de manipular. Olhei bem as maçanetas de latão enegrecidas pelo tempo, girava-as nas dobradiças, batia com os nós dos dedos na tampa e no fundo... nada!

Até que meus olhos pousaram numa fenda quase invisível que corria sob um longo atavio que, nos quatro lados, decorava as bordas da tampa.

Com uma faca fiz uma pressão leve e a tampa se abriu, como um livro, como uma página, e revelou um espaço achatado e raso, retangular. Ali, pousadas, havia folhas amarradas por um barbante delicadíssimo.

Li, dobrei as folhas e decidi entregá-las aos jovens estudantes que tanto me ajudaram.

Dom Cosimo, de próprio punho, escrevera:

"A sorte da guerra muda de lado, o avanço dos americanos libertará em breve nosso país. Na eventualidade, muito provável, de que sejam destruídos todos os registros deste campo de internamento, desejo deixar o traço daquelas que estiveram entre nós. Já um bom número delas foi enviado à Alemanha. Podemos fingir não saber o que acontecerá com elas, mas a consciência me pede para fazer qualquer coisa. Está em meu poder salvar alguém. Devia escolher apenas um nome e escolhi Dora Klein. Aquele que me ajudara a fazê-la passar clandestinamente o *front* só me permitiu um nome. Deus é testemunha do peso que as outras não escolhidas terão para sempre na minha consciência. Delas porém transcrevo todos os dados que pude copiar dos registros de entrada antes que sejam, como tenho motivos para crer, destruídos e, com eles, os traços de quem passou por este campo."

Seguia-se uma longa relação de nomes, com as datas de nascimento, o local de detenção, as indicações de quem efetuara as prisões, se soldados alemães ou polícia italiana, data de ingresso no campo. Ao lado de alguns nomes havia a data de deportação para a Alemanha.

Com surpresa li que muitíssimas internas foram presas por militares italianos. Talvez não pudessem proceder de maneira diferente, mas de qualquer forma não eram *talianski karachió*!

No dia em que Lia partiu fui à vila despedir-me, mas cheguei atrasada e ela já estava do lado de fora, com as malas, de saia e blusa branca, a bolsa a tiracolo.

Dom Ignazio atravessava os poucos metros da pequena alameda que ia do portão da casa à cancela, com uma grande mala de viagem na mão.

Ela estava ali.

Com uma das mãos se apoiava num dos batentes da cancela que estava fechada, e o seu corpo se recortava no espaço vazio em que o outro batente, escancarado, funcionava como fundo.

Foi um átimo: a imagem de Dora Klein se repetia.

As tramas descompostas voltavam para seu lugar e o desenho aparecia surpreendentemente claro.

Aproximei-me de Lia, o coração disparado. Beijos, abraços, vagas promessas de nos reencontrarmos. Compreendi que era a última ocasião para confirmar o desenho que me aparecera na igreja. Fingindo uma pergunta banal, perguntei qual era sua cidade de nascimento, se era Filadélfia, para onde sabia que se dirigia.

— Não — respondeu. — Nasci num lugar menos aristocrático. Nasci em Dodge City, no Kansas.

Nem por um instante pensei em falar a dom Ignazio daquilo que ficou claro em minha mente.

Tive a certeza, nos dias e nos meses seguintes, que nenhum deles percebera que um jogo antigo e estranho ligava acontecimentos de cinqüenta anos atrás com o presente. Que sentido havia que fosse eu a revelar o desenho que se cumprira às escondidas de todos? Refleti, com reverência e em silêncio, sobre a maneira surpreendente com que as vidas dos seres humanos se desenrolam, sobre como fios distantes e separados acabam por se combinar e produzir uma trama.

O tempo circular retorna sobre seus passos, retorna e os homens não percebem, não compreendem. O destino busca uma réplica. Como acontecera com Cosimo e Dora, assim foi para Ignazio e Lia. Os filhos repetiram uma história de amor e separação, e tenho motivos para acreditar que não sabiam que eram cópia de uma coisa já acontecida, destinados a ser escolhidos no jogo da sorte.

Este livro foi composto na tipologia Goudy Old
Style BT em corpo 12/16,5 e impresso em papel
off-white 80g/m² no Sistema Cameron da
Divisão Gráfica da Distribuidora Record.

Seja um Leitor Preferencial Record
e receba informações sobre nossos lançamentos.
Escreva para
RP Record
Caixa Postal 23.052
Rio de Janeiro, RJ – CEP 20922-970
dando seu nome e endereço
e tenha acesso a nossas ofertas especiais.

Válido somente no Brasil.

Ou visite a nossa *home page*:
http://www.record.com.br